L'ÉTAGE
DES BOUFFONS

HENRI TROYAT
de l'Académie française

L'ÉTAGE
DES BOUFFONS

roman

BERNARD GRASSET
PARIS

« Ha ! maudite nature ! hé, pourquoi m'as-tu fait
Si dextrement formé d'esprit et de corsage ?
Que ne m'as-tu fait nain, ou chevelu sauvage,
Niais, badin, ou fol, ou monstre contrefait ?

Si j'étais nain, j'aurais toute chose à souhait,
J'aurais soixante sols par jour et davantage,
J'aurais faveur du Roi, caresse et bon visage,
Bien en point, bien vêtu, bien gras et bien refait.

Ah ! que vous fûtes fols, mes parents, de me faire
Pauvre écolier latin ! Vous deviez contrefaire
Mon corps, ou me nourrir à l'école des fous.

Ah ! ingrates chansons ! ah ! malheureuses muses !
Rompez-moi par dépit flûtes et cornemuses,
Puisque aujourd'hui les nains sont plus heureux que nous. »

RONSARD, *Pièces retranchées,*
« Imitation de Martial » (1567).

Il y a quelques années, alors que je me documentais sur les mœurs de la Cour, à Saint-Pétersbourg et à Moscou, au XVIIIe siècle, en vue de ma biographie des Terribles Tsarines, *je fus frappé par la barbarie, le cynisme, la passion et la naïveté qui caractérisaient les rapports humains, en Russie, à la veille de l'ouverture de l'empire sur les prétendues lumières de l'Occident. Ces images contrastées n'ont cessé de hanter mon esprit depuis et, peu à peu, j'ai éprouvé le besoin de ressusciter cette époque violente en mêlant des héros de mon invention aux figures authentiques dont j'avais autrefois retracé la vie. C'est donc sous l'effet d'une irrépressible obsession que je suis retourné en arrière, juxtaposant la fiction à la réalité et brodant à gros points romanesques sur une trame rigoureusement historique. Le présent livre est le résultat de ce voyage mi-imaginaire mi-véridique dans un pays et un passé lointains.*

H.T.

I

— S'il te plaît, Ivan Pavlovitch, raconte l'histoire des noces du vieux prince Michel Galitzine et de la naine kalmouke.

— Je te l'ai déjà racontée !

— Oui, mais pas devant Fiokla ! Je suis sûre que ça l'amuserait beaucoup !

Pastoukhov est un peu surpris de l'importance qu'Eudoxie Tchoubaï attache à l'opinion de la fille maigrichonne et délurée qui lui tient lieu de soubrette. Il est vrai que, étant elle-même d'origine serve, elle a conservé, malgré son rang actuel de barynia, une complicité indulgente envers les domestiques. Elle insiste avec un rien de taquinerie :

— Eh bien, vas-y, Ivan Pavlovitch ! Nous t'écoutons.

Tel un acteur professionnel appelé à se produire en public, Pastoukhov s'exécute de bonne grâce et, de nouveau, fait le récit de cette folle journée du mois dernier où il a été convié, avec de nombreux boyards, à assister aux festivités désopilantes imaginées par la tsarine Anna Ivanovna à l'occasion du mariage de sa bouffonne et de son souffre-douleur. Couronnée impératrice en mars 1730, c'est la première fois, en six ans, qu'elle donnait libre cours à une fantaisie souveraine digne des extravagances de son lointain aïeul Pierre le Grand. Ce jour-là, selon les indications de Sa Majesté, le couple du prince gâteux et de la Kalmouke contrefaite après avoir été béni à l'église, a été promené en grande pompe à travers une foule applaudissant et hurlant de joie jusqu'à un palais formé par un assemblage de blocs de glace au bord de la Néva. Là, du lit nuptial aux fauteuils de repos et à la table de toilette, tout était taillé dans la même matière translucide et gelée. C'est dans cette alcôve polaire que le ménage a été enfermé, avec pour consigne de s'y livrer aux premiers ébats car, comme chacun sait, quand deux êtres s'aiment, la chaleur de leur sang suffit à dégourdir l'atmosphère. Pour plus de sûreté, l'impératrice avait placé des sentinelles devant la porte de ce temple de la congélation conjugale afin d'empêcher les tourtereaux d'en sortir avant le lever du jour. Et, le lendemain, l'ensemble des courtisans entourant Sa Majesté a été convié à voir, au saut du lit, les héros de la fête, à demi morts de froid, claquant des dents, toussant et crachant, ce qui avait diverti tous les amateurs de spectacles comiques. A présent encore, Pastoukhov s'émerveille de l'ingénieuse farce organisée par la tsarine.

A chaque détail évoqué par lui, Fiokla pouffe de rire dans son poing, puis se signe rapidement comme pour se faire pardonner cet accès d'hilarité peu charitable. Quand il a fini de parler, elle soupire :

— Mon Dieu, ils doivent être dans un triste état, les pauvres !

— Eh bien, non ! affirme Pastoukhov. Ils en ont été quittes pour un gros rhume !

Et il ajoute que c'est assurément par une grande faveur du Ciel que les deux intéressés ont survécu à l'épreuve. En outre, comme Sa Majesté a autant de bonté que d'invention, elle a récompensé le prince et la naine kalmouke par la donation de deux villages peuplés chacun d'un millier de serfs et par la promesse à Michel Galitzine d'un poste

13

enviable dans la hiérarchie des familiers du palais.

Cette fois, impressionnée par tant de générosité, Fiokla verse quelques larmes. Eudoxie lui applique une légère tape sur l'épaule et la congédie en disant :

— C'est une belle histoire, n'est-ce pas ? Maintenant, laisse-nous, Fiokla, nous avons à parler, le maître et moi !

Après le départ de la femme de chambre, Eudoxie reste un moment songeuse. En la regardant à la dérobée, Pastoukhov apprécie le ravissement dont elle témoigne chaque fois qu'elle entend raconter le mariage burlesque de Galitzine et de la naine. Il est d'autant plus sensible à l'innocence foncière d'Eudoxie qu'elle le change de la rouerie et de l'affectation blasée des gens de la meilleure société. Il se félicite d'avoir distingué cette jeune et robuste paysanne parmi le cheptel serf de son domaine héréditaire de Balotovo, de l'avoir affranchie, de l'avoir mise dans son lit à la mort de sa femme, cinq ans auparavant, et de vivre maritalement avec elle, à Saint-Pétersbourg. C'est grâce à elle qu'il a surmonté sans trop de difficulté, pense-t-il, les tristesses du veuvage et de l'abstinence, deux circonstances qui ne peuvent que nuire à la santé d'un homme normalement constitué. Très vite, son choix s'est révélé judicieux. Que ce soit entre les draps, à table ou dans la conversation, Eudoxie est à la hauteur de son rôle. Bien entendu, Pastoukhov, qui a la notion des distances imposées par la naissance et l'instruction, n'envisage nullement de présenter Eudoxie à la Cour ni même de l'épouser, ce qu'il aurait pu faire après avoir observé un petit délai de décence chrétienne. Mais il reconnaît volontiers que, malgré sa basse extraction, cette femme du peuple sait l'écouter avec attention, se conduire correctement devant des étrangers, et qu'elle est parfois de bon conseil. Aujourd'hui encore, revenant avec lui sur la promotion qui a récompensé Michel Galitzine pour sa participation à la kermesse matrimoniale, elle tire la morale de la situation en une formule très heureuse :

— Cette aventure prouve que chez nous, en Russie, celui qui obéit à la tsarine n'a jamais à le regretter. Une gifle peut être une insulte ou une bénédiction. Tout dépend de la main qui la donne.

Pastoukhov ne peut qu'acquiescer. Or,

sitôt prononcé cette maxime de haute sagesse, Eudoxie devient songeuse, les lèvres entrouvertes, le regard perdu au loin, telle la vigie d'un navire scrutant l'horizon. Comme il est l'heure de dîner, Pastoukhov s'impatiente. Il a l'habitude d'avaler un léger « trompe-la-faim » et une lampée de vodka pour préparer son palais aux riches nourritures dont le fumet traverse déjà les murs du salon. Gros mangeur, gros buveur, il s'enorgueillit d'une panse rebondie et d'une barbe épaisse qui, dit-il, constituent l'apanage des vrais boyards. Un en-cas l'attend sur un guéridon, à l'entrée de la salle à manger. Il s'apprête à franchir le seuil pour goûter à cette collation apéritive, mais Eudoxie l'arrête dans son mouvement :

— Attends un peu, murmure-t-elle. Il me vient une idée...

— On verra ça tout à l'heure.

— Il y a des questions qu'il faut savoir aborder immédiatement si on ne veut pas le regretter plus tard.

— C'est si important que ça ?

— Je crois bien que oui...

— Eh bien ! Parle ! grogne-t-il, agacé. De quoi s'agit-il ?

Et, sans se soucier de la réponse, il fait encore un pas vers la porte.

— Je pense à Vassia, dit Eudoxie d'une voix prophétique.

Pastoukhov a un haut-le-corps. Il n'aime pas parler de l'enfant disgracié qu'il a eu, voici vingt-deux ans, de feu son épouse et que, depuis la mort de celle-ci, il cache aux yeux de tous dans le village de Balotovo.

— Qu'est-ce que tu veux me dire à propos de Vassia ? marmonne-t-il. Il est très bien là où il est ! Il ne manque de rien !

— Crois-tu ?

Cette observation souriante d'Eudoxie aggrave l'irritation de Pastoukhov. Il s'est planté devant le guéridon chargé de zakouski et médite en silence, tandis que son regard court d'une spécialité culinaire à une autre. Après qu'il a avalé deux pirojki aux choux en les accompagnant d'une goulée d'alcool, Eudoxie juge le moment venu de revenir à la charge.

— Il y a combien de temps que tu n'as pas vu Vassia ? demande-t-elle.

Pastoukhov se trouble. Chaque fois qu'on prononce devant lui le nom de son fils, il éprouve un vague malaise dans la poitrine. Ce

n'est pas du remords, car il ne conçoit pas
qu'on puisse lui reprocher quoi que ce soit
à cet égard ; plutôt une gêne respiratoire,
une sensation de porte-à-faux, d'inconfort
interne. Pour se revigorer, il se dit que sa
défunte épouse, une sainte femme pourtant,
avait été désespérée en mettant au monde un
avorton, et que, pas plus que lui, elle n'avait
jugé utile d'entourer leur enfant unique d'un
minimum de tendresse. Bien qu'elle ne se soit
guère confiée à son mari après l'accouchement, il a toujours su qu'elle était honteuse
d'avoir donné le jour à un nain. On ne s'était
aperçu de la chose que peu à peu. Alors que
l'intelligence de Vassia se développait normalement, son corps refusait de grandir. Les
changements de nourriture, les exercices
d'étirement n'y changeaient rien. A dix-sept
ans, il avait la taille d'un enfant de six ans à
peine. La seule vue de ce nabot raté était pour
sa mère une insulte. Elle lisait en lui la condamnation permanente de sa féminité, la
malédiction de ses entrailles, le châtiment
d'un mystérieux péché. A plusieurs reprises
elle avait eu devant Pastoukhov des soupirs et
des crises de larmes à l'évocation, même furtive, de sa déconvenue. Aujourd'hui encore,

il semble à Pastoukhov que la morte lui chuchote ses doléances à l'oreille. Déjà Eudoxie reprend le fil de son interrogatoire :

— Eh bien, avoue-le, Ivan Pavlovitch : quand es-tu allé pour la dernière fois à Balotovo ?

— Je n'en sais rien ! réplique-t-il. Il y a trois ou quatre mois, peut-être...

— Moi, je sais, rectifie-t-elle. Ça fait exactement sept mois et dix jours que tu n'y as pas remis les pieds ! Sept mois et dix jours que tu es sans nouvelles de ton fils !

— L'intendant du domaine m'en donne chaque fois qu'il vient me voir pour le rapport.

— Et ça te suffit ?

— Pour l'instant, oui !

— Notre Matvéitch est un brave homme, mais il ne peut pas tout voir, tout deviner. Dans l'état actuel des choses, Vassia reste livré à lui-même, au fond de la campagne. Personne, là-bas, ne s'occupe de lui. Il ne fréquente que des paysans !

— Tu voudrais que je lui envoie un précepteur français pour lui enseigner la poésie et les bonnes manières ! ricane Pastoukhov.

— Il n'a pas besoin d'un précepteur fran-

çais ! Ce qu'il a appris du pope de Balotovo
l'a suffisamment éclairé. Chaque fois que je
l'ai vu, j'ai constaté qu'il était aussi droit d'esprit que tordu de corps !

— Eh bien ! nous sommes du même avis,
Eudoxie ! Quoi qu'on fasse, Vassia est condamné à la médiocrité, sinon par son manque
d'instruction, du moins par sa dégaine. A
vingt-deux ans, quand on a été comme lui
défavorisé par la nature, on a beau se tortiller,
on n'échappe pas à son sort !

— Tiens, tiens ! Et si le fait d'avoir été
défavorisé par la nature, comme tu dis, était le
meilleur moyen d'être favorisé par la tsarine ?

Eudoxie a parlé en regardant Pastoukhov
avec un tel aplomb qu'il en est estomaqué. Au
bout d'un moment, émergeant de son embar-
ras, il bredouille :

— Qu'est-ce qui te fait dire ça, Eudoxie ?

— Ce que tu ne cesses de me raconter à
propos du mariage arrangé par Sa Majesté
entre sa naine kalmouke et le vieux Michel
Galitzine.

— Quel rapport ?

— Tu ne devines pas ?...

— Non !... Tu te figures peut-être que...
que ?...

Comme il bégaie, c'est elle qui achève la phrase :

— Parfaitement ! Je me figure qu'il y a là une occasion inespérée pour Vassia, et pour nous tous... Après avoir si bien réussi le mariage d'une bouffonne contrefaite et d'un prince décati, la tsarine voudra, à coup sûr, recommencer l'exploit. Cette cérémonie extraordinaire lui aura ouvert l'appétit. C'est le moment de te mettre sur les rangs, avec ton fils. Tu as la chance qu'il soit nain. Pendant plus de vingt ans, tu l'as caché comme un objet de honte. Et cet objet de honte est peut-être le trésor de guerre de la famille. Peut-être est-ce lui qui assurera ta prospérité ! Il est grand temps de tirer Vassia de l'oubli et d'exploiter la situation auprès de Sa Majesté. Si tu sais t'y prendre...

Effrayé par l'audace d'Eudoxie, Pastoukhov l'interrompt :

— Je ne saurai pas m'y prendre... Ce serait... Ce serait une manœuvre indigne de mon rang... Une singerie... Un avilissement contraire à ma conception de l'honneur...

— Ce qui est l'honneur ou le déshonneur d'un individu, c'est à l'église que ça se décide, devant un prêtre, ou au palais, devant Sa

Majesté, mais sûrement pas ici, devant un plat de zakouski et un carafon de vodka ! dit-elle carrément.

Son air résolu impressionne Pastoukhov et il doit faire appel à toute son autorité pour s'opposer à la séduisante folie qu'on lui souffle. Afin de donner plus de force à son refus, il avale, par défi, encore un verre d'alcool et mord à pleines mâchoires dans une tartine de caviar frais.

— Non, non et non ! répète-t-il la bouche pleine. Je ne m'abaisserai pas, moi, un boyard, à offrir mon fils comme nain de Cour et comme bouffon à la tsarine ! D'ailleurs, elle ne comprendrait pas une démarche aussi dégradante de la part d'un Pastoukhov, elle me chasserait de sa vue ; elle... elle m'en voudrait de l'avoir dérangée pour une sottise !...

— Il ne coûte rien d'essayer... Parle-lui de Vassia, à l'occasion... Sait-elle seulement qu'il n'est pas comme les autres ?...

— Bien sûr que non !

— Alors, il faut le lui apprendre, mine de rien... Tu verras bien comment elle réagira... En tout cas, elle te saura gré de ta confiance, de ta franchise...

Ébranlé dans ses convictions, Pastoukhov

s'étonne de la facilité avec laquelle il se range maintenant à l'opinion d'Eudoxie. Cette ancienne serve a réponse à tout. On jurerait qu'elle a vécu aussi longtemps que lui à la Cour. En formant cette réflexion, Pastoukhov se sent lourd et maladroit comme un ours face à un écureuil sautant de branche en branche. Il enveloppe sa maîtresse d'un regard à la fois admiratif et inquiet. Petite, blonde, potelée à souhait, elle a les yeux vifs et une peau lisse dont elle relève la pâleur par des fards roses et blancs, à l'exemple des grandes dames du palais. Ainsi, même vêtue du traditionnel *sarafane* en drap rouge des villageoises, avec bretelles apparentes et corsage ouvert sur une chemise brodée au point russe, elle est toujours agréable à contempler. Son buste généreux tend si bien l'étoffe que Pastoukhov éprouve soudain le besoin d'y appliquer une « caresse païenne », selon l'expression d'Eudoxie. Proche de la soixantaine, il ne s'étonne pourtant pas d'avoir à sa disposition une personne affriolante et de vingt-cinq ans plus jeune que lui. Sans nier la déperdition de ses forces avec le temps, il estime que, dans un couple comme le sien, la différence sociale suffit à oblitérer la dif-

férence d'âge. Chez un vrai boyard, se dit-
il, la noblesse héréditaire supplée à la défi-
cience physique. L'idée le traverse, inopiné-
ment, que ses désirs nocturnes sont le
résultat d'un maléfice et qu'il subit alors
les sortilèges d'une diablesse. En cet instant
même, n'est-ce pas une diablesse qui, sous
le charmant visage d'Eudoxie, lui suggère
de présenter Vassia à la tsarine avec l'espoir
qu'elle l'engagera comme nain de Cour ?
Tiraillé entre la tentation de céder à sa maîtresse et la crainte de faire le jeu du Malin
en lui obéissant, il meuble le silence en
engouffrant une quantité de hors-d'œuvre
et en se léchant les doigts entre deux bou-
chées.

Pour gagner du temps, il exige de poursui-
vre la discussion pendant le repas. Il a déjà
remarqué que son esprit est plus alerte quand
il a le ventre plein. C'est sans un mot et avec
une assurance solennelle qu'il tourne le dos à
l'étalage des amuse-gueule et se dirige vers la
grande table, servie pour deux personnes. Le
couvert a été mis avec autant d'apparat que
si des convives de marque étaient attendus.
En cinq ans de cohabitation avec Pastoukhov,
Eudoxie a appris à connaître ses goûts culi-

naires. Le menu est toujours à la convenance du maître de maison. Pour lui complaire, le cuisinier, jadis employé à l'ambassade de Suède, s'est initié aux robustes spécialités russes. Les hésitations de Pastoukhov fondent une à une après la dégustation du potage aux betteraves, des pirojki aux choux, des têtes d'esturgeon fumées, du poulet farci à la chair de mouton et du gâteau à base de pain d'épice, ruisselant de crème et de miel. A mesure qu'il engouffre ces nourritures puissantes, Pastoukhov sent à la fois son estomac s'alourdir et sa volonté s'alléger. Pendant qu'il se restaure ainsi, deux laquais en livrée tournent autour de la table, présentent les plats et renouvellent le vin français et la vodka russe dans les verres. Tout en chipotant dans son assiette, Eudoxie, silencieuse et attentive, suit du regard, sur la figure épaisse, barbue et congestive de son vis-à-vis, les signes d'un contentement béat. Après le dessert, il se renverse sur sa chaise, émet un rot caverneux attestant sa bonne santé, s'essuie la bouche avec la manche de sa veste et dit :

— Tu as raison, Eudoxie. Je vais voir s'il n'y aurait pas une petite place pour notre Vassia, au palais...

II

Depuis le temps que Pastoukhov assistait régulièrement aux réceptions du palais, il croyait tout savoir du caractère de la tsarine Anna Ivanovna. Cependant, au moment de l'affronter tête à tête pour lui parler de son fils, il craignait qu'une brusque rebuffade ne mît fin à ses espoirs. Cette nièce de Pierre le Grand nourrissait une méfiance d'autant plus vive envers les boyards et la politique qu'elle avait dû écarter plusieurs prétendants avant d'être choisie comme héritière préférée par le Haut Conseil secret des dignitaires. Mariée à dix-sept ans avec le duc Frédéric-Guillaume de Courlande et devenue veuve peu après ses noces, elle avait passé toute sa jeunesse loin de Saint-Pétersbourg, à Mitau, s'était liée avec un nobliau westphalien, Johann Ernest Buhren, parlait mieux l'allemand que le russe, et avouait être plus attirée par les plaisirs de la table, de la chasse, de la danse et du lit que par la subtilité des affaires publiques. Elle avait gardé de son éducation germanique une certaine rudesse de manières et un mépris souverain pour l'opinion d'autrui. En toute circonstance, son attitude était spontanée et abrupte. Quiconque l'abordait avec un placet ou une flatterie pouvait s'attendre aussi bien à une récompense qu'à un châtiment, à un éclat de rire qu'à une gifle. Elle justifiait ces excès en les attribuant à une hérédité glorieuse. Tout lui était permis et tout lui était dû, puisqu'elle était du même sang que son oncle, l'inégalable réformateur, lequel, réveillant la Russie de son sommeil séculaire, l'avait tournée vers l'Europe et s'était offert le luxe de bâtir, sur un désert marécageux, la merveille des merveilles, la Venise du Nord, Saint-Pétersbourg. Mais Pierre le Grand avait du génie. Était-ce le cas de cette femme presque quadragénaire qui, depuis bientôt dix ans, ne dirigeait le pays que par caprices et foucades ? Jamais encore Pastoukhov ne s'était posé la question avec autant d'angoisse qu'à la veille de l'audience qu'il avait sollicitée de Sa Majesté.

Elle avait accepté de le recevoir, un dimanche matin, à l'issue de la messe. Dès la fin de l'office, Pastoukhov, quittant le sanctuaire où quelques fidèles s'attardaient encore, se mit en faction, avec les autres courtisans, dans la grande salle du palais pour saluer le cortège impérial à sa sortie de l'église. Au premier rang de l'assistance figuraient les bouffons préférés d'Anna Ivanovna. Elle avait toujours été subjuguée par les nains et les bossus. En manifestant son intérêt pour leurs difformités elle prétendait à la fois se divertir sans malice et approfondir l'étude des mutations naturelles ou accidentelles de l'espèce humaine. Cela aussi, disait-elle, lui venait de son illustre ancêtre, Pierre le Grand, qui s'entourait de monstres par amour de la science. Devait-on critiquer un appétit de connaissance propre aux savants du monde entier ? Pastoukhov en avait discuté, hier encore, avec Eudoxie et elle avait réussi à le convaincre en affirmant : « On peut rire d'un nabot tout en le plaignant comme on peut plaindre un bel homme tout en l'admirant. C'est une affaire d'humeur et de circonstance ! »

Soudain, tous les bouffons s'accroupirent et se mirent à glousser en se contorsionnant.

C'était signe que Sa Majesté approchait. Ils exécutaient à son intention leur numéro traditionnel de « la poule en train de pondre ». En effet, bientôt Anna Ivanovna apparut et toutes les échines se courbèrent. Énorme, la poitrine surplombant en balcon un ventre ballonné, la chevelure brune, bouclée et parsemée de pierreries, la face bouffie, le regard dominateur, elle adressait des sourires d'approbation aux bouffons qui multipliaient les grimaces sur son passage tandis que bruissait à chaque pas sa robe de soie écarlate à broderies d'or. Elle était suivie, à distance respectueuse, de son amant attitré, l'affreux Johann Buhren, dont on savait qu'il dirigeait l'empire, en sous-main, depuis des années, nommant ses protégés aux postes clefs de l'administration et s'inspirant en toute chose des intérêts et de l'esprit germaniques. Chacun, autour de Pastoukhov, le déplorait à voix basse, mais nul n'osait contrecarrer les décisions de celui qui régnait sur la Russie à travers les extravagances de son impériale maîtresse. En vérité, bien que grand et solidement charpenté, Johann Buhren, avec son visage dur comme le silex, son regard d'oiseau de proie et ses fortes mains de bûcheron,

paraissait presque alerte et élancé en compa-
raison de l'opulente tsarine qui ouvrait la
marche. En arrivant à la hauteur de Pastoukhov, cassé en deux dans une profonde révérence, elle marqua un temps d'arrêt. Il
respira, avec une ivresse déférente, l'odeur de
parfum et de transpiration qui émanait d'elle
quand il faisait trop chaud. Or, justement, ici,
l'affluence des courtisans maintenait une
atmosphère étouffante.

— Je t'attends dans dix minutes, lui
annonça-t-elle. Ne sois pas en retard, sinon
l'audience sera annulée sans possibilité de
report !

La sentence était tranchante, malgré la
douceur de l'intonation. Pastoukhov voulut
remercier la tsarine et l'assurer qu'il serait
exact au rendez-vous. Mais elle s'était déjà
éloignée, entraînant dans son sillage la silencieuse cohorte des dignitaires, des gentils-
hommes de la chambre, des dames et des
demoiselles d'honneur. Quand elle eut disparu, Pastoukhov se hâta de gagner, à travers
le dédale des couloirs et des escaliers du
palais, l'antichambre du cabinet impérial où
une demi-douzaine de quémandeurs de tout
acabit attendaient patiemment leur tour. A

peine avait-il pris place parmi eux qu'un majordome vint le chercher pour l'introduire auprès de Sa Majesté.

Anna Ivanovna le fit asseoir en face d'elle, de l'autre côté de sa table de travail, et, après l'avoir jaugé d'un regard pénétrant et narquois, prononça, la voix traînante :

— Je n'ai pas beaucoup de temps à t'accorder. Sois bref !

La tsarine parlait le russe avec un fort accent allemand et tournait entre ses doigts une tabatière d'argent niellé. Elle s'était mise à priser depuis quelque temps pour obéir à une mode qui, disait-on, venait de France, et nombre de courtisans l'imitaient par servilité. Pastoukhov pensa qu'il aurait dû en faire autant pour être dans la note. Sa tête se vidait, il ne savait plus dominer son appréhension et cherchait en vain par quelle phrase commencer l'exposé d'une situation aussi insolite que la sienne. Alors qu'il hésitait encore, la tsarine l'apostropha rondement :

— Qu'as-tu de si important à me dire, Ivan Pavlovitch ?

Rappelé à l'ordre, il balbutia :

— C'est au sujet de mon fils, Votre

Majesté... J'ai... oui... Si j'ose me permettre... j'ai un fils...

— Et alors ? Tu n'es pas le seul ! répliqua-t-elle en ouvrant et en refermant machinalement sa tabatière.

— Très juste, Votre Majesté ! reprit-il dans un sursaut d'audace. Mais mon fils, à moi, n'est pas comme les autres. Il est un peu bossu et de très petite taille...

— Un nain ?

— Oui, Votre Majesté, confessa Pastoukhov avec une confusion mêlée d'espérance.

L'œil de la tsarine s'alluma de convoitise.

— Voilà qui est plus intéressant ! dit-elle. Pourquoi ne m'en as-tu jamais parlé ?

— Je ne voulais pas déranger Votre Majesté avec une simple histoire de famille...

— Quelle histoire ? Quelle famille ? La Russie est une grande famille et, chez nous, les histoires de chacun appartiennent à tous ! Quel âge a-t-il ?

— Vingt-deux ans !

— Il habite chez toi ?

— Oui et non, Votre Majesté : il vit à la campagne, sur mes terres, au village de Balotovo...

— Pourquoi le caches-tu là-bas ?

Pastoukhov fut saisi d'une légère panique. Désarçonné par l'accusation, il bredouilla :

— Je ne le cache pas, Votre Majesté. C'est pour son bien... Il est plus heureux dans un coin tranquille, loin de l'agitation de Saint-Pétersbourg... Étant donné son état, il a besoin de repos, d'air pur, de silence...

Elle l'interrompit :

— Bon, bon ! Ne te fatigue pas à te justifier : je ne vais pas te quereller là-dessus... Pourtant, c'est drôle que personne, au palais, ne m'ait dit que tu avais un fils... Ou plutôt, si, ça me revient : on me l'a dit à l'époque, mais sans préciser ce qu'il y avait de particulier dans son cas... Alors, bien entendu, ça m'est entré par une oreille et ça m'est sorti par l'autre !

Son visage était devenu souriant et rêveur.

— Un nain ! répétait-elle ! Un vrai nain ?

— Oui, Votre Majesté.

— Quelle taille a-t-il ?

— Il m'arrive un peu au-dessus du nombril !

— Parfait ! Et comment s'appelle-t-il ?

— Né légitimement de mon union avec mon épouse, il porte le nom de Pastoukhov.

— Son prénom ?

— Vassili... Vassia pour les familiers.

— Aime-t-il rire, au moins ?

Un instant décontenancé, Pastoukhov se dépêcha de répondre :

— Oui, oui... Enfin, je le suppose, Votre Majesté...

— A-t-il de la drôlerie ?

— Certainement... pour autant que je puisse en juger comme... comme père...

— Sait-il grimacer ?

— Il... il l'apprendra s'il le faut !

— Ces choses-là ne s'apprennent pas, Ivan Pavlovitch ! observa-t-elle sévèrement. On les possède, sans l'avoir cherché, dès le berceau...

— Eh bien, je suis sûr que Vassia a de qui tenir !

— Pourtant, toi, son père, je ne t'ai jamais vu grimacer !

Pastoukhov s'affolait. Que répondre ? Le regard de l'impératrice le transperçait. Il choisit de mentir :

— Ça m'arrive, parfois... Quand je suis seul devant ma glace... et... et ma pauvre femme, la mère de Vassia... grimaçait souvent pour m'amuser !

— Elle ne grimace plus ?

— Elle est morte, Votre Majesté...

— C'est vrai ! Je l'oublie toujours ! Que

Dieu ait son âme, la pauvrette ! Et maintenant, il paraît que tu as une liaison illégitime
avec une jeunesse ?

— En quelque sorte, Votre Majesté.

— Une fille de Balotovo, m'a-t-on précisé !

— Oui... La solitude est une excuse à bien
des péchés... C'est ce que me dit toujours
mon confesseur, le père Théophane, du village de Balotovo...

— Qui te parle de péché ? Tu es libre d'aimer qui tu veux ! Mais fais attention : ne te
laisse pas grignoter par une rouée ! Plus la
femme est jeune, plus ses dents sont belles, et
plus elle cherche à emporter un gros morceau
quand elle mord dedans ! Enfin, c'est ton
affaire... Revenons à ton fils. J'aimerais le voir,
ce Vassia !

— C'est précisément la faveur que j'étais
venu solliciter de Votre Majesté !

— Ne te fais surtout pas d'illusions : je n'ai
nullement l'intention d'engager un nouveau
bouffon. Les dix-huit que j'ai me suffisent.
Mais, tu me connais, je suis curieuse de toutes
les malformations de la nature. Amène-moi
ton fils, un de ces jours... Ça me changera les
idées. Tu n'as qu'à t'entendre avec le grand
chambellan pour la date et l'heure du rendez-

36

vous. Et maintenant, laisse-moi : une monta-
gne de dossiers ennuyeux m'attend !

Pastoukhov se leva promptement, et, dans
un élan de reconnaissance, baisa la main
lourde et moite que lui tendait la tsarine. Au
moment où il appliquait ses lèvres sur l'extré-
mité de ces doigts boudinés et abondamment
bagués, la porte du bureau s'ouvrit et Johann
Buhren parut sur le seuil, sans même avoir
été annoncé. Manifestement, il avait ici ses
grandes et ses petites entrées. En l'apercevant, Anna Ivanovna s'épanouit, comme si,
tout au long de la visite de Pastoukhov, elle
n'avait attendu que le moment de se retrouver
seule à seul avec son favori.

— J'en ai fini avec Pastoukhov ! dit-elle
gaiement. Je suis tout à toi ! Où m'emmènes-
tu, ce soir ?

— Il y a mascarade chez les Volkonski,
répondit-il. Nous avons promis d'honorer ce
bal de notre présence !

— Ça m'était sorti de la tête ! s'écria-t-elle.
Voilà où ça mène de consacrer les trois quarts
de son temps à la politique !

— En quoi Votre Majesté a-t-elle l'intention
de se déguiser ? demanda Buhren, avec une
déférence à la fois protocolaire et gaillarde.

De toute évidence, s'il la vouvoyait cérémonieusement en présence des étrangers, il lui disait « tu » dans l'intimité. La tsarine fronça les sourcils sous l'effort de la réflexion, puis se détendit et répliqua avec entrain :

— Je serai en marin hollandais ! Et toi ?

— Je comptais m'habiller en seigneur français du temps de Louis XV. Mais je crains que, dans ces conditions, nous ne formions un couple mal assorti !

— Raison de plus pour le faire ! décréta la tsarine en éclatant de rire. C'est dans la disparité qu'il faut chercher le plaisir !

Pastoukhov comprit qu'il était temps pour lui de laisser les grands de ce monde débattre à loisir de leurs affaires personnelles. Après trois courbettes et un flot de remerciements fleuris, il quitta la pièce à reculons. Dans l'antichambre, les cinq autres quémandeurs attendaient encore. En passant devant eux, il mesura sa chance et imagina la satisfaction d'Eudoxie quand il lui raconterait par le menu son entrevue avec la tsarine.

III

A chaque nouvelle rencontre avec Vassia, Pastoukhov s'attristait de voir que son fils n'avait pas changé. Certes, il savait par les médecins qu'à vingt-deux ans un nain n'a aucune chance de grandir ni de se redresser. Mais, comme il avait de la religion, il espérait un miracle. Hélas ! l'adolescent que l'intendant Matvéitch lui ramenait de Balotovo était en tout point identique à celui qu'il avait vu lors de sa dernière visite au domaine. Pastoukhov détaillait avec consternation ce gaillard dans la fleur de l'âge, ratatiné aux dimensions d'un enfant, avec un torse trop développé et des jambes trop courtes, une grosse tête, un nez bulbeux, un front bas, une tignasse d'étoupe roussâtre et, éclairant le tout, un innocent regard d'un bleu de myosotis. Planté devant son père, Vassia avait l'air d'attendre des explications : pourquoi l'avait-on tiré du village où il était si bien ? Curieusement, au moment de révéler à son fils le motif de cette convocation impromptue à Saint-Pétersbourg, Pastoukhov éprouvait la même gêne qu'à la veille de son audience chez la tsarine. En vérité, la candeur et la laideur du premier le gênaient autant que l'autorité et la splendeur de la seconde. A croire que l'extrême faiblesse d'un interlocuteur pouvait être aussi désarmante que son extrême puissance. Pendant que Pastoukhov méditait sur les causes de son malaise, Eudoxie entra dans la pièce, jeta un regard sur le père puis sur le fils qui se faisaient face en silence, et demanda, tout à trac :

— Alors, Ivan, lui as-tu parlé ?

— Pas encore ! avoua Pastoukhov.

— Qu'attends-tu ?

— Je réfléchissais...

— Il n'y a pas à réfléchir ! Veux-tu que je le lui dise, moi ?

— Surtout pas ! s'écria Pastoukhov. C'est mon affaire...

Et, posant sa main sur l'épaule de Vassia, ce qui l'amena une fois de plus, vu leur différence de taille, à déplorer l'infirmité de son fils, il prononça avec effort :

— Écoute-moi bien, Vassia... Tu sais que, depuis des années, je n'ai en vue que ton bonheur... Aussi longtemps que tu étais un enfant, il n'y avait pas de vrai problème pour nous, en ce qui te concernait. Mais te voici devenu un homme et, à juste titre, ton avenir nous préoccupe... Tu ne peux pas rester toute ta vie à la campagne, parmi des moujiks. Ton rang dans la société, ton nom, qui te vient de moi, ne le permettent pas... Or, figure-toi que j'ai trouvé une solution à cet état de choses... Sans doute as-tu entendu parler de l'intérêt que porte notre vénérée souveraine aux personnages, sinon anormalement constitués, du moins mal formés, mal lotis... ?

— Oui, les fameux bouffons de Sa Majesté, dit Vassia. Il paraît qu'elle leur a même réservé tout un étage au palais !

— C'est exact ! Et pourquoi crois-tu qu'elle recherche la compagnie de ses sujets les plus disgraciés ? s'exclama Eudoxie avec un entrain factice. Parce qu'ils la distraient des ennuyeuses conversations avec les ministres et les ambassadeurs ! Aussi longtemps que les bouffons la feront rire, leur fortune

sera assurée. Ils n'ont qu'à paraître, à grimacer et à se laisser vivre !... Une situation de
tout repos... Une place en or !...

— Eh bien, justement, reprit Pastoukhov,
que l'intervention d'Eudoxie avait revigoré, il
se trouve que Sa Majesté a exprimé le désir
de te voir !

Sans marquer la moindre surprise, Vassia
eut un sourire douloureux et demanda :

— Pourquoi veut-elle me voir ? Parce que
je suis un nain ?

— En partie, bien sûr ! répondit Pastoukhov. Mais pas seulement pour ça ! Je lui ai
parlé de toi, de tes qualités, de tes dons...

— Quels dons, papa ? Je n'en ai aucun !

— Mais si, mais si !... Tu te calomnies !...
Tu sais amuser les gens, quand tu le veux
bien... Tu imites très bien le chant du coq...

— Et ça suffit ?

— Pour commencer, oui... Après, on
verra... Le tout est d'avoir le pied à l'étrier.
J'ai pris date pour te présenter à Sa Majesté...
Ce sera dimanche prochain, après la messe...
J'espère que tu mesures la faveur d'une telle
audience. Je compte sur toi pour t'en montrer
digne... D'ailleurs, je t'accompagnerai...

Baissant la tête et appuyant le menton sur

sa poitrine creuse, Vassia murmura piteusement :

— Je préférerais ne pas y aller, père !

— Mais pourquoi ?

Sans relever le front, Vassia dit dans un soupir honteux :

— Ça me gêne quand on me regarde de trop près !

— Quelle sottise ! La tsarine ne te mangera pas !

— Non. Mais elle rira de moi !

— La belle affaire ! Si elle rit de toi, ce sera qu'elle te trouve à son goût ! Et rien d'autre ne devrait compter pour toi, pour nous ! Ah ! si, au contraire, elle restait de marbre à ta vue, là, tu serais en droit de regretter notre démarche à tous les deux. Mais telle que je la connais, et tel que je te connais, je suis tranquille ! Laisse-toi faire, laisse-moi faire, et tu me diras merci !

Comme Vassia continuait à balancer la tête négativement, Pastoukhov, saisi d'une inspiration subite, changea d'arguments et haussa le ton :

— Je ne comprends vraiment pas, Vassia, ce qui t'ennuie à l'idée de divertir la tsarine et ses amis par les défauts de ta physionomie.

Dieu a créé chacun d'entre nous selon sa fantaisie et notre devoir de chrétiens est de tirer le meilleur parti de l'apparence qu'il nous a donnée. Un mortel a autant de mérite à réussir en faisant rire de sa laideur, puisqu'elle est l'œuvre du Très-Haut, qu'un autre à se faire admirer pour sa beauté ou son esprit. Ce qui est important, c'est de bien remplir son rôle dans la voie choisie par Dieu, qu'il s'agisse d'un pitre, d'un paysan ou d'un chef de guerre. Quelle que soit la raison pour laquelle la tsarine remarque un homme, il doit être fier et l'en remercier !

— Eh bien, je ne suis pas fier, papa ! gémit Vassia. J'ai honte et j'ai mal !

Tant d'obstination fit sortir Pastoukhov de ses gonds :

— C'est insensé ! rugit-il. Sa Majesté t'offre la chance inespérée de paraître à la Cour pour l'égayer, et toi, au lieu de te répandre en bénédictions, tu discutailles, tu fais la fine bouche ! Tu me déçois, Vassia, et tu m'affliges !

Résumant ce long discours en une seule phrase, Eudoxie dit avec solennité :

— Tu ne peux pas faire ça à ton père, Vassia ! Serais-tu un mauvais fils ?

Au fil des années, bien qu'elle ne fût qu'une concubine d'origine serve opportunément affranchie, elle avait pris dans la maison l'importance et les prérogatives d'une épouse légitime. Son accusation parut ébranler Vassia plus profondément que l'éloquent plaidoyer de Pastoukhov. Relevant la tête, il promena un regard de détresse sur ses deux vis-à-vis et soupira :

— Bon, bon, mais, une fois là-bas, que faudra-t-il que je fasse ?

— Ce que nous faisons tous, en Russie, répliqua Pastoukhov. Obéir ! Et, crois-moi, pour un honnête homme, il y a autant de gloire dans la soumission que dans le commandement.

— Mais je n'ai aucune disposition pour amuser les gens ! Je ne saurai pas !...

— Il te suffira de paraître devant Sa Majesté... et de dire quelques mots...

— Lesquels ?

— Tu trouveras ! Tu as la langue bien pendue : je t'ai entendu discuter avec les moujiks à Balotovo, tu les faisais rire aux éclats !

— Je suppose qu'il est plus facile de faire rire un moujik qu'une tsarine !

— Pas sûr ! dit Pastoukhov en hochant la tête. Il y a beaucoup de mystère dans le rire des grands. Parfois, une mouche dans le lait déclenche leur hilarité !

— Tu veux que je sois une mouche dans le lait de Sa Majesté ! observa Vassia ironiquement.

— Je veux que tu sois toi-même ! C'est clair ? Toi-même en un peu plus déluré, en un peu plus grimaçant...

— Et quand elle m'aura vu, que va-t-il se passer ? Elle m'engagera comme bouffon ?

— Ce serait magnifique ! Mais elle a déjà beaucoup de bouffons, à l'étage. Sans doute va-t-elle réfléchir, te mettre à l'essai avant de t'employer...

— Je pourrais peut-être retourner au village et ne venir au palais que les jours où la tsarine aurait besoin de moi ?...

— Cesse de rêver à ce que tu pourrais faire ou ne pas faire, dit Pastoukhov. Et enfonce-toi bien dans la tête que, désormais, ce sera elle qui fixera ton emploi du temps !

Cette fois, Vassia ne trouva rien à répliquer et, muet, atterré, les bras pendants, il se mit à se balancer d'une jambe sur l'autre avec une obstination simiesque.

— Arrête ! s'écria Eudoxie. Fais-nous le plaisir d'offrir un meilleur visage à Sa Majesté le jour de l'audience !

— Tu viendras avec nous ? lui demanda Vassia.

Elle prit un air pincé :

— Non ! Moi, je n'ai pas ta chance ! J'attends encore la faveur d'être officiellement reçue au palais !

Un éclair de malice passa dans les yeux pâles de Vassia et il prononça du bout des lèvres :

— Je finirai par m'imaginer que tu regrettes de n'être pas une naine !

Interloquée, Eudoxie hésita une seconde entre la colère et l'amusement. Il lui sembla soudain que le Vassia qu'elle croyait connaître était devenu un être énigmatique, aussi contrefait à l'intérieur qu'à l'extérieur. Était-ce une insolence ou une banale plaisanterie que ce hideux personnage s'était permis de lancer dans la conversation ?

— Je vois que tu as de la repartie, sifflat-elle. Tâche de mieux tenir ta langue dans tes nouvelles fonctions. Si tu veux plaire aux habitués du palais, applique-toi à les divertir sans les blesser ! Plus on est grand, plus on a la peau sensible !

— Parfaitement ! renchérit Pastoukhov. Mets-toi dans la caboche que le métier de bouffon nécessite, comme tous les autres, un sérieux apprentissage et beaucoup de persévérance. La nature t'a comblé, alors que les imbéciles se figurent qu'elle t'a desservi. Ton capital, dans la vie, c'est, si je puis dire, un ensemble de dons à l'envers, d'anti-dons. A toi de les mettre en valeur. Pour commencer, tu prendras exemple sur les autres bouffons, tu profiteras de leurs conseils, de leur expérience... Puis, peu à peu, tu affirmeras ton originalité, ton style...

Pendant qu'il pérorait, Vassia l'observait avec résignation et curiosité. Pastoukhov se sentit jugé par ce fils que, jusqu'à ce jour, il avait pris pour une quantité négligeable. Tout à coup, c'était lui, avec son autorité paternelle, qui était le nain, et Vassia qui grandissait jusqu'à devenir un individu de taille, de physionomie et d'intelligence supérieures. Agacé par ce renversement des rôles dans la famille, Pastoukhov grogna :

— Tu entends ce que je te dis, Vassia ?

— Oui, père !

— Tu n'es pas d'accord ?

— Si, si, je t'assure ! s'écria Vassia. Comment pourrais-je n'être pas d'accord ? Chacun sur terre doit avoir une ambition à sa portée. En tant que nain, je serai ravi de devenir un nain impérial ! N'est-ce pas le plus haut grade dans la hiérarchie des nains ?

— Je suis contente que tu le prennes ainsi ! dit Eudoxie sans déceler la malice de l'exclamation.

Et, tournée vers Pastoukhov, elle demanda :

— Quand Vassia et toi avez-vous rendez-vous au palais ?

— Dimanche prochain. Après la messe. A onze heures.

Subitement, le regard d'Eudoxie s'assombrit :

— Au fait, j'y pense. Comment Vassia va-t-il s'habiller ?

— Comme d'habitude ! répondit Pastoukhov. J'ai vu les bouffons, à la Cour. Il n'y a pas d'uniforme pour eux. Chacun a son propre vêtement.

— Un vêtement correct, j'imagine ?

— Oui. Bizarre mais correct ! Vassia n'a qu'à y aller comme il est là ! Ce sera parfait !

— Non : ici, il n'a rien de convenable à

se mettre. Toutes ses affaires sont restées à Balotovo !

— Eh bien, faisons-les venir. Nous disposons d'une semaine pour ça !

— Les vêtements qu'il a là-bas sont tous plus ou moins rustiques. Vassia ne peut pas se présenter à Sa Majesté dans cette tenue.

— Mais il y va pour être un bouffon, pas pour jouer au gentilhomme de la chambre ! objecta Pastoukhov.

— C'est une fausse excuse ! trancha Eudoxie. Bouffon ou pas bouffon, il faut qu'il plaise. Tu devrais lui acheter des habits simples, mais assez voyants : un cafetan en velours de couleur rouge, par exemple, avec une ceinture brodée et une cape assortie.

— Si tu crois que c'est nécessaire !..., marmonna Pastoukhov.

— C'est indispensable ! répliqua Eudoxie. D'ailleurs, j'irai les choisir avec toi !

— Vous avez l'air de deux parents qui préparent le trousseau de leur fils avant son mariage ! observa Vassia ironiquement.

— Mais c'est un peu ça, mon cher ! dit Eudoxie d'une voix grave qui contrastait avec l'accent moqueur de Vassia.

Elle ne s'était jamais encore adressée à lui

en disant « mon cher ». Cette appellation, pour banale qu'elle fût, parut le troubler. Pastoukhov lui-même en fut surpris. Il avait l'impression que leur discussion à trois venait de modifier radicalement les rapports entre les différents membres de la famille. Or, tout changement dans les habitudes de la maison l'inquiétait. Homme d'ordre et de pondération, il n'était heureux que dans la routine. Cédant à un brusque accès d'humeur, il se dit qu'il avait eu tort de manigancer cette présentation de Vassia à la tsarine et que, tout compte fait, il était plus tranquille quand son fils était relégué à Balotovo.

IV

Tout s'était passé pour le mieux au palais, et cependant Pastoukhov n'était pas pleinement satisfait. Certes, la tsarine avait trouvé que Vassia était un nain selon son goût, à la fois difforme et comique, grimaçant et d'esprit délié, mais elle s'était contentée de le prendre à l'essai pour trois mois. Pendant ce délai probatoire, il assurerait le même service que les amuseurs attitrés, sans toutefois bénéficier, comme eux, d'une chambre individuelle à l'étage des bouffons, et devrait coucher dans le dortoir parmi les autres « aspirants ». Vassia avait accepté la résolution impériale avec philosophie, alors que Pastoukhov en était ulcéré comme d'une injustice flagrante à son égard. Laissant son fils au palais, il revint à la maison avec une rage contenue et s'accusa devant Eudoxie de n'avoir pas su « négocier l'avenir de Vassia ». Elle le consola en disant, fort à propos :

— Sa Majesté aurait pu ne pas le trouver assez petit ou assez laid pour faire rire à ses dépens ! Estime-toi heureux qu'elle l'ait pris tel quel !

Il convint que, sans être une victoire, ce premier contact était encourageant. Néanmoins, dès le lendemain, il retourna au palais pour avoir des nouvelles fraîches de son fils.

Un chambellan de Sa Majesté, avec qui il avait toujours sympathisé parce que tous deux étaient originaires de la bonne ville de Kalouga, tint à le rassurer :

— Aussitôt après le déjeuner officiel avec les ambassadeurs d'Allemagne et de France, dit-il, Sa Majesté a convoqué votre fils dans son salon intime. Là, notre auguste souveraine et le très noble seigneur Johann Ernest Buhren lui ont demandé d'imiter un singe qui cherche ses puces. Il l'a fait et Sa Majesté a daigné rire de bon cœur, tandis que le très noble seigneur Buhren le gratifiait d'un mouchoir brodé à son chiffre. Tout cela est d'excellent augure !

— Oui, oui ! balbutia Pastoukhov. Me voici comblé en tant que père attentif et sujet

54

fidèle. Décidément, la journée est à marquer d'une pierre blanche !

Il jubilait. En retrouvant Eudoxie, il manifesta une si glorieuse allégresse que, en femme avisée, elle lui suggéra d'aller avec elle, séance tenante, à l'église, et de brûler un cierge devant l'icône de la Sainte Vierge, protectrice universelle des innocents et des éclopés.

Cependant, à l'étage des bouffons, où Vassia s'était rendu aussitôt après son examen de passage devant la tsarine, l'accueil des pensionnaires de l'établissement avait été des plus réservés. On eût dit que l'arrivée de ce concurrent les dérangeait dans leurs habitudes. Les bouffons de Cour logeaient sous les toits du palais, dans les combles, où l'on étouffait. Réunis dans la salle commune, ils prenaient le thé autour d'un samovar rutilant et d'un assortiment de craquelins. Il y avait là, au coude à coude, des bossus, des tordus, des manchots, des culs-de-jatte, des loucheurs, des bègues, des tiqueurs, et tous ces monstres, triés sur le volet, paraissaient fiers de leurs anomalies et jaloux de quiconque risquait de les dépasser dans la singularité. Après avoir invité le nouveau venu à partager la collation de la mi-journée, ils l'interrogèrent avec avidité sur ses impressions de néophyte. Comment s'était déroulée cette première audience ? Sa Majesté avait-elle ri de ses grimaces ? De quelle façon avait-elle ri, un peu ou beaucoup ? Et qu'avait-elle dit avant de le congédier ? Et qu'avait dit Buhren ? Vassia pouvait-il leur montrer le mouchoir que lui avait donné le favori ? Leur curiosité était insatiable. Celui qui semblait être le meneur du groupe, un unijambiste à face de crapaud du nom de Pouzyr, était le plus indiscret et le plus acharné dans son interrogatoire. Entraîné par lui, Vassia finit par rapporter fidèlement la conclusion indulgente de Sa Majesté :

— C'est bien, Vassia ! m'a-t-elle dit. Tu as l'étoffe d'un vrai bouffon. Mais il faudra que tu apprennes à faire autre chose que glousser, miauler, aboyer et imiter le singe qui se gratte. Ça, les autres le font aussi bien que toi. Réfléchis ! Je suis sûre que tu trouveras mieux si tu t'en donnes la peine !

A ces mots, Pouzyr se tapa sur les cuisses et prit toute la table à témoin :

— C'est inouï ! A chaque nouveau candidat, Sa Majesté dit la même chose ! Et, après avoir donné une fausse joie au malheureux, elle le flanque à la porte !

— Eh bien ! dit Vassia, voilà qui me serait bien égal ! Entre nous, je serais même soulagé si elle ne voulait plus de moi !

— On croit ça ! ricana un affreux nabot aux yeux bigles et à la bouche déformée par un bec-de-lièvre. Mais tous ceux qui ont dû se retirer après s'être fait des illusions sur leur carrière au palais se reprochent, au moment du départ, de n'avoir pas su s'y prendre pour rester !

— Il est donc si agréable de vivre ici, relégué sous les combles et suspendu aux ordres de Sa Majesté ? demanda Vassia avec un scepticisme souriant.

— Ce n'est pas agréable, c'est divin ! A condition de se plier à la règle ! décréta Pouzyr.

— Et quelle est la règle ?

— Elle va de soi ! Le bouffon de Cour doit être constamment disponible. Sa Majesté peut éprouver le besoin de rire à table, pendant un déjeuner officiel, comme au milieu de la nuit, alors que tout le monde dort dans le palais. Attends-toi donc à être obligé de sauter le repas de midi ou à être réveillé à deux heures du matin pour dégringoler les escaliers et courir au chevet de notre souveraine qui vient de faire un cauchemar. Si tu te montres assez habile pour la divertir à ce moment-là, elle bâillera, s'étirera, et te donnera une gifle amicale en te permettant d'aller te recoucher. En dehors de ces petites alertes, tu n'auras aucune charge précise et tu pourras jouer à attraper les mouches ou à te curer le nez. Autrement dit, l'emploi de bouffon est encore la meilleure des sinécures, en Russie. Et nous ne sommes pas si nombreux à avoir les qualités requises pour y prétendre !

— Que dois-je donc faire ?

— Te cramponner le mieux que tu pourras et aussi longtemps que tu pourras ! Pourtant, comme tu m'es sympathique, je te préviens que tu aurais tort de te monter la tête dès à présent. Ce n'est pas parce que la tsarine t'a souri aujourd'hui qu'elle ne te jettera pas à la rue demain. Elle aime autant rire que châtier ceux qui l'ont fait rire. Peut-être même est-ce à l'instant où elle paraît le plus aimablement disposée qu'elle imagine les plus cruelles punitions !

— Oui, oui, c'est une bien étrange personne ! murmura Vassia rêveusement.

— Ce n'est pas une personne ! rectifia Pouzyr. C'est la tsarine ! Un de ces quatre matins, tu l'apprendras à tes dépens. Et je te jure que, ce jour-là, il faudra que tu fasses le pitre comme si de rien n'était. Même si tu as mal ! Surtout si tu as mal !

Pour donner plus de poids à cette affirmation, Pouzyr l'accompagna d'un éclat de rire et d'un coup de poing sur la table. Saisis d'une frénésie douloureuse, ses compagnons l'imitèrent, ce qui fit tinter en même temps les cuillères dans les verres et les tasses. Toute la maison en fut comme secouée par une tornade. Ce joyeux vacarme parut tellement insolite à Vassia qu'il demanda encore :

— Et maintenant, à votre avis, que fait Sa Majesté ?

— Elle boit du thé comme nous. A moins que Buhren n'ait fait servir de la vodka !

— Ne pourrions-nous en avoir aussi ?

— C'est interdit, à notre étage, en dehors des principaux repas, dit Pouzyr. On s'arrange bien parfois avec le majordome en lui graissant la patte. Seulement, il ne faut pas que Sa Majesté le sente à notre haleine !

— Elle respire notre haleine ?

— Ça lui arrive. Pour vérifier ! D'ailleurs, elle a l'habitude de boire avec Buhren. Ça les met en forme pour la nuit ! Ses femmes de chambre racontent qu'elle est très exigeante au lit ! Elle n'en a jamais assez ! Et jalouse avec ça !

Ayant lâché cette information, Pouzyr se pencha vers Vassia et continua, sur le ton de la confidence :

— On dit, dans les couloirs, qu'elle en veut à son amant parce qu'il reluque de trop près les demoiselles d'honneur. La semaine dernière, au cours du bal qu'on donnait au palais pour la fête patronale de l'impératrice, Sa Majesté a ordonné à l'orchestre de s'arrêter au milieu du morceau, a obligé la petite Nathalie Seniavskaïa à s'agenouiller devant elle, et lui a coupé une grande mèche de cheveux sous prétexte que la pauvre enfant avait dansé deux fois de suite avec Buhren et que, dans l'ardeur de leurs évolutions, elle avait été légèrement décoiffée. Depuis cette humiliation infligée en public, Nathalie Seniavskaïa n'est plus invitée au coucher de la tsarine !

— Et Buhren, qu'en pense-t-il ? interrogea Vassia.

— Je crois que la rivalité entre la tsarine et ses demoiselles d'honneur le flatte et l'amuse. Mais il joue avec le feu. D'ailleurs tout le monde, ici, joue avec le feu. Tu l'apprendras tôt ou tard. Si tu as la chance ou la malchance de rester parmi nous. Je te conseille même à cet égard...

Il s'interrompit au milieu de sa phrase, car la porte de la salle commune venait de s'ouvrir brutalement. Un valet de chambre en livrée parut sur le seuil et annonça d'une voix catégorique :

— Sa Majesté attend Pouzyr !

— Est-ce pour tout de suite ? demanda Pouzyr en se levant de table.

— Oui. Elle a précisé : « Sans retard. » Et elle veut voir également le nommé Vassia.

En entendant prononcer son nom, Vassia sentit une onde de froid qui remontait de son cœur à sa tête. Tournant les regards vers Pouzyr, il implora un conseil de dernière minute :

— Qu'est-ce que ça signifie ? murmura-t-il.

— Je n'en sais pas plus que toi, répliqua Pouzyr. Dis-toi bien que c'est un grand honneur qu'on te fait en te reconvoquant le jour même, pour un nouvel examen. Sans doute

Sa Majesté veut-elle mieux te connaître. A moins qu'elle ne t'appelle pour te signifier ton renvoi. Mais ne m'as-tu pas affirmé, tout à l'heure, que tu serais heureux de pouvoir échapper au traquenard impérial ?

Mis au pied du mur, Vassia fut incapable de répondre avec franchise. Depuis qu'il avait été introduit dans ce palais superbe où le faste et la discipline avaient le visage de la démence, il ne savait plus ni ce qu'il espérait, ni ce qu'il redoutait pour les heures à venir.

— Dépêchez-vous ! grogna le valet. Sa Majesté n'aime pas attendre !

Aussitôt, les bouffons de la table s'agitèrent et se répandirent en souhaits de réussite pour leurs deux compagnons appelés à se produire devant Sa Majesté. Houspillés par le valet qui avait reçu l'ordre de faire vite, Pouzyr et Vassia quittèrent la salle et se ruèrent dans l'escalier, au risque de se rompre le cou. Dès leur arrivée à l'étage noble, un autre valet les conduisit aux appartements de l'impératrice.

Elle était entre les mains virevoltantes de son perruquier. Pendant que l'homme de l'art – un Français, disait-on – peignait et frisait au fer l'abondante chevelure brune de la tsarine, elle ne cessait d'observer les deux bouffons dans la glace de sa coiffeuse. Buhren siégeait à sa droite, dans un fauteuil de tapisserie, avec l'ostensible satisfaction du favori officiel. Quatre demoiselles d'honneur étaient reléguées au fond de la pièce. Vassia se demanda furtivement si la très coupable Nathalie Seniavskaïa faisait partie du groupe. N'était-ce pas elle, cette jeune fille blonde et bien en chair, au bout de la rangée ? Pendant qu'il se posait la question, la tsarine interpella Pouzyr sans se retourner :

— J'ai l'âme morose aujourd'hui, Pouzyr. Je compte sur toi pour me dérider. Quelle plaisanterie caches-tu dans ton cerveau biscornu ?

Comme mû par un déclic, Pouzyr tressaillit, imprima à son visage une expression de désarroi imbécile et gémit :

— Les occasions de s'égayer honnêtement sont rares par les temps qui courent ! Dernièrement, un savetier des faubourgs a découvert deux souris dans la poche de son cafetan : une souris grise et une souris blanche. Ne sachant qu'en faire, il les a fourrées dans la boîte à ouvrage de sa femme et, quand celle-ci a soulevé le couvercle...

Anna Ivanovna l'interrompit sèchement :

— Tu m'as déjà raconté cette histoire ! Trouve autre chose !

— Il y a aussi la mésaventure du cabaretier qui se trompe en transvasant du kwas d'un tonneau dans un autre et à qui un client fait remarquer que...

— Celle-là, tu me l'as servie à l'occasion du banquet de la Saint-André. Tu vieillis, mon bon Pouzyr, tu te répètes, tu radotes !...

Vassia glissa un coup d'œil à la dérobée vers son voisin. Une crainte misérable arrondissait les yeux de Pouzyr. Visiblement, il cherchait un moyen de se racheter, alors que des nuées d'orage s'assemblaient au-dessus de sa tête. Sans doute se rappela-t-il à temps qu'il était unijambiste, car, soudain, il esquissa une danse grotesque en sautillant et en pivotant sur son pilon. Indifférente à ses contorsions et à ses grimaces, la tsarine lui opposait un regard d'acier. Elle finit par déclarer d'une voix méprisante :

— Ça suffit, Pouzyr. Tu n'es pas drôle ! Mais peut-être est-ce ma faute ? Peut-être ai-je perdu le goût de rire pendant que tu perdais le talent de me faire rire ?

Pouzyr s'arrêta net au milieu de son exhibition. Planté devant l'impératrice, il courbait l'échine, essoufflé, étonné, incapable de trouver une excuse à son ratage. Vassia le plaignait d'être ainsi admonesté devant des personnes de distinction et redouta pour lui-même la sévérité d'une souveraine aux exigences impitoyables. Après un court silence, Anna Ivanovna demanda à son coiffeur de rectifier le pli des deux tresses de cheveux qui encadraient ses oreilles, puis, se tournant vers Vassia, elle le questionna sur un ton excédé :

— Et toi, qu'as-tu préparé ?

— Mais... rien, Votre Majesté ! Je n'ai pas eu le temps... Je viens à peine d'entrer au service de Votre Majesté...

— Je croyais que, pour un vrai bouffon, la drôlerie était naturelle !

— Oui et non, Votre Majesté...

— Chez moi, la formule « oui et non » n'a pas cours ! décréta la tsarine en foudroyant Vassia de ses yeux courroucés. Tout ce que je dis, tout ce que je fais est à ranger soit du côté « oui », soit du côté « non ». Jamais à cheval sur les deux. Alors, réponds-moi nettement . oui ou non es-tu en mesure de m'amuser aujourd'hui ?

— Oui, Votre Majesté ! jeta Vassia par

bravade, tandis qu'une soudaine faiblesse lui coupait les jarrets.

Anna Ivanovna pivota lentement sur le tabouret de sa coiffeuse pour mieux le voir.

— Eh bien, vas-y ! ordonna-t-elle.

Contre toute attente, cette injonction, qui aurait dû le pétrifier, l'électrisa. N'était-ce pas le moment de jouer le tout pour le tout ? Atteint d'une brusque frénésie, il se mit à agiter les bras et les jambes. Sans avoir rien prémédité, il tentait d'imiter ainsi, en les ridiculisant, les évolutions d'un danseur conduisant sa dame au son d'une pavane imaginaire. Mais il avait beau s'évertuer à singer les galanteries d'un cavalier empressé, la tsarine ne cillait pas et personne, autour d'elle, ne semblait apprécier la caricature. Tout en multipliant les glissades et les révérences, Vassia regrettait que son infirmité ne suffît pas à divertir le public. Aurait-il fallu qu'il fût plus bossu, plus rabougri, plus laid, pour déclencher la gratifiante hilarité de l'impératrice ? Espérant mériter enfin l'approbation générale, il fit une pirouette. Mal lui en prit, car, perdant l'équilibre, il vacilla et s'effondra lourdement sur le derrière. Les fesses et les reins endoloris, il se força à rire. Il n'y eut pas d'écho. Pour sauver la situation, Pouzyr dit avec une gaieté factice :

— Tu en fais une tronche, Vassia ! Pourtant tu n'es pas tombé de haut !

Cette plaisanterie non plus n'eut aucun succès. La tsarine s'empara d'un éventail, l'agita devant son visage comme pour chasser une mauvaise odeur et dit, en s'adressant à Buhren :

— Qu'en penses-tu, toi qui aimes tant faire danser les jolies femmes dans les bals ? Trouves-tu que mon bouffon a bien joué son rôle ?

Vassia devina qu'il y avait là une pique destinée au favori, dont la tsarine ne supportait pas qu'il s'intéressât à une de ses demoiselles d'honneur. Il se dit aussi qu'il avait, sans le vouloir, commis une terrible gaffe en parodiant les manœuvres d'un danseur énamouré. Mais Buhren ne semblait pas autrement affecté par l'allusion de sa souveraine.

— Votre nouveau bouffon s'est donné beaucoup de mal pour vous faire passer un bon moment ! dit-il avec désinvolture. Il en est même tombé sur le derrière. Montrez-vous donc indulgente !

— Envers qui ? demanda-t-elle abruptement. Envers lui ou envers toi ?

— Envers celui de nous deux qui en a le plus besoin ! rétorqua Buhren en souriant.

Cette réponse parut subitement calmer la tsarine et elle sourit à son tour.

— Bon, dit-elle. A tout péché miséricorde ! J'espère que mes bouffons retrouveront vite l'inspiration et que les personnes de ma suite auront à cœur de justifier par leur dévouement les privilèges que je leur ai accordés jusqu'à ce jour !

— Votre Majesté peut être assurée que son vœu sera pour tous, ici, une loi aussi intangible que si elle leur était dictée par le Très-Haut ! proclama Buhren avec emphase. Mais, pour l'heure, Votre Majesté souhaite-t-elle que Pouzyr et Vassia continuent leurs simagrées ?

— Non ! soupira la tsarine. Je suis lasse. Et puis, tu le sais, j'ai du travail qui m'attend. Il y a le plaisir de la femme et il y a le service de la Russie. Je me dois de partager mon temps et mon cœur entre les deux !

Toutes les têtes s'inclinèrent en silence. Ayant dit, la tsarine se dressa, superbe, énorme, gonflée de graisse, fardée en épaisseur, boudinée dans une robe de satin rouge vif, et laissa tomber, en regardant Vassia dans le blanc des yeux, comme si elle eût voulu le fasciner pour la vie :

— Ce n'était pas trop mal pour un début !

A peine revenu à l'étage des bouffons, Pouzyr tira la morale de cette journée éprouvante :

— Pour moi, dit-il, c'est de la routine ! Un jour la tsarine me trouve désopilant, et le lendemain je l'ennuie. Attends-toi aux mêmes sautes d'humeur. Après tout, les alternances du chaud et du froid, c'est le climat de la Russie ! On s'y habitue très bien. Certains prétendent même que c'est le secret de la santé !

— D'accord ! reconnut Vassia qui s'impatientait un peu devant cette soumission systématique. Mais que va-t-il se passer maintenant, en ce qui me concerne ? J'ai besoin de savoir où j'en suis...

— Pourquoi veux-tu savoir alors que la décision ne dépend pas de toi ? Continue d'attendre, comme nous tous ! Laisse venir à toi le flot des événements. Prends exemple sur Buhren : la tsarine s'était violemment emportée contre lui. Et maintenant, tout semble rentré dans l'ordre. Même la petite Nathalie Seniavskaïa a été de nouveau admise, comme demoiselle d'honneur, dans l'intimité de l'impératrice !

— Oui, dit Vassia, j'ai tout de suite pensé que c'était elle, la grande et belle blonde qui se tenait un peu à l'écart.

— Elle est en effet et grande et belle et blonde ! reconnut Pouzyr. Ce cochon de Buhren a du goût ! Mais tout homme doit choisir, le moment venu, entre la beauté et l'utilité, entre le bonheur des sens et la puissance de l'esprit. Notre tsarine n'a pas de tracas à se faire : quoi qu'il arrive, elle n'aura jamais de rivale dans le cœur d'un sujet soucieux de ses propres intérêts ! Quant à toi, Vassia, si tu te débrouilles bien, nous finirons nos jours, côte à côte, sous ce toit hospitalier. Evidemment, pour l'instant, rien n'est gagné ; mais rien n'est perdu. Et c'est l'essentiel ! Demain, on y verra plus clair. Secoue-toi ! Aère-toi ! Change d'idées ! Il y a autre chose dans la vie que l'obligation d'amuser Sa Majesté. Il faut savoir, à l'occasion, s'amuser soi-même un peu !

— Comment ça ?

— En prenant du bon temps, Vassia !

De confidence en confidence, Pouzyr

révéla au « nouveau » que, à date fixe, des prostituées venaient satisfaire les exigences sexuelles des bouffons qui en exprimaient le souhait. La dépense était réglée sur la cassette impériale. A ce propos, Pouzyr voulut savoir si Vassia avait déjà couché avec une femme. Il avoua qu'il avait cédé, à plusieurs reprises, au démon de la luxure, mais que cela s'était toujours passé avec des créatures de mauvaise vie, à Balotovo, et qu'il en avait été chaque fois plus honteux que ravi.

— Comme moi ! dit Pouzyr. Il ne suffit pas de se frotter à une de ces créatures vénales pour connaître l'extase. Il y a d'un côté la petite secousse du plaisir, qui est à la portée de n'importe qui, et, de l'autre, la fusion dans la tendresse et l'ivresse d'une félicité partagée. Hélas ! ce bonheur-là, nous ne pouvons pas y prétendre avec notre pauvre dégaine !

— C'est vrai ! reconnut Vassia. Je n'ai jamais été fier après une de ces pauvres coucheries. J'avais l'impression que la femme qui s'était livrée à moi ne l'avait fait qu'avec dégoût ou curiosité et que je m'étais soulagé en elle !

— Tu en souffres ?

— Pas vraiment. J'ai l'habitude...

— Ça me fait penser à la nourriture, observa Pouzyr. Tant qu'on n'a pas goûté à la bonne cuisine, on n'éprouve pas la nécessité du raffinement dans les repas de tous les jours. Il y a trois ans, nous avions à notre étage un type qui nous faisait une affreuse tambouille, et personne ne s'en apercevait, personne ne s'en plaignait. Depuis cette année, c'est un véritable artiste qui officie chez nous devant les fourneaux. Eh bien, nous sommes tous devenus des gourmets. Autrefois, je me contentais de manger, maintenant, je déguste. Le moindre repas a une allure de festin. Tu m'en diras des nouvelles, tout à l'heure. Justement, il est grand temps de passer à table. J'ai une faim de loup ! Pas toi ?

— Je ne sais plus, marmonna Vassia, abasourdi et brisé.

Et soudain, il se rappela une particularité qui l'avait frappé lors de son arrivée à l'étage des bouffons.

— Au fait, dit-il, c'est étrange, j'ai remarqué qu'il n'y avait pas de femmes parmi vous.

— Il y en a eu deux ou trois jadis, répliqua Pouzyr. Des naines, laides à vous faire dresser les cheveux sur la tête. Mais la tsarine les a renvoyées.

— Pourquoi ?

— Tu m'en demandes trop ! Peut-être par respect des bonnes mœurs dans ce coin du palais. J'imagine que Sa Majesté ne voulait pas encourager les croisements entre avortons, en dehors de ses décisions personnelles. Une façon comme une autre de veiller à une tenue décente dans sa ménagerie de phénomènes !... Aujourd'hui, comme tu l'as vu, il n'y a plus que des mâles parmi les bouffons de Cour. Et nous n'en sommes pas fâchés. Au contraire !

— Mais que se passe-t-il si la tsarine a besoin d'une naine pour jouer une scène comique au cours d'un banquet ?

— Dans ce cas, je suis chargé d'en dénicher une en ville. Une « extra », comme nous disons entre nous. J'ai des adresses.

— Oui, oui, bien sûr ! Tout a été prévu ! bredouilla Vassia.

Et il en éprouva un rien d'écœurement. La pensée de la disgrâce physique des uns face à la prétentieuse normalité des autres, de la basse cuisine des amours mercantiles opposée à la délectable cuisine des champions de la casserole, tout cela se confondait dans son cerveau en une obsession débilitante.

Pourtant, ce fut avec appétit qu'il vit arriver, quelques instants plus tard, les plats du succulent dîner annoncé par son compagnon. Entre deux coups de fourchette, Pouzyr rapporta aux autres bouffons les péripéties de la visite à la tsarine. Chacun y alla de ses anecdotes personnelles sur ses débuts de pitre. Au milieu du joyeux brouhaha des conversations, Vassia eut le sentiment qu'il était enfin adopté par ses pairs en cocasserie. Il lui semblait même que le fait d'avoir été si médiocre lors de son passage devant l'impératrice le rendait plus sympathique à ses confrères. A la fin du dîner, les convives s'attardèrent encore en d'interminables bavardages sur leurs infirmités respectives et sur les bizarreries de leur métier. Puis ceux qui avaient droit à une chambre particulière s'isolèrent pour la nuit dans leur cellule, tandis que les autres – une dizaine – se réfugiaient avec Vassia dans le dortoir.

La salle était vaste, bien chauffée, et les lits avaient été suffisamment espacés pour que leurs occupants ne fussent pas gênés dans le sommeil par l'agitation d'un voisin. Quand le surveillant eut accompli la dernière ronde, mouchant les bougies, et que seule demeura dans la pénombre la pâle lueur de la veilleuse sous l'icône tutélaire, Vassia repassa en mémoire les moindres incidents de la journée. Puis il renfourcha ses souvenirs. Une douce nostalgie lui vint à évoquer la vie paisible et insouciante de Balotovo qu'il avait quittée pour se retrouver ici, dans ce palais aux dimensions inhumaines. Il revoyait l'intérieur de l'isba du brave Matvéitch. Assis sur un tabouret, face à l'intendant, il l'écoutait commenter les caprices du climat ou la meilleure façon de protéger les récoltes en cas de grêle. Des propos cent fois répétés, tels les mots rituels d'une berceuse. En même temps, il croyait respirer la bonne odeur du feu de bois, de la soupe aux choux et des vieilles bottes, caractéristique de l'endroit. Sa gorge se contractait en pensant à tout ce qu'il avait perdu en troquant son état d'homme de peu, mais riche de la confortable servitude villageoise, contre celui de bouffon provisoire de Sa Majesté. Tandis qu'il remontait ainsi le cours des événements, il se surprit à songer que, pour la première fois de son existence, il avait envie de faire plaisir à quelqu'un. Et que ce « quelqu'un » n'était ni son père, ni Eudoxie, ni le prêtre de Balotovo : c'était la tsarine.

V

Alors même qu'il pestait contre la vie contraignante des bouffons de Cour, toujours à la merci d'une convocation de Sa Majesté avec à la clef l'obligation de la divertir, Vassia se laissait gagner par une émulation professionnelle qui grandissait en proportion des difficultés de la tâche. La camaraderie superficielle qui régnait dans le clan des amuseurs n'empêchait pas entre eux des jalousies intestines. On fraternisait en apparence, mais on s'épiait l'un l'autre et on cherchait à surpasser le voisin à la première occasion. Sans en avoir l'air, chacun défendait bec et ongles son capital de grimaces, de gestes à double sens et de coq-à-l'âne. Malheur à celui qui « volait » un effet humoristique à un rival dont c'était la spécialité. La tsarine, ou même Buhren, le rappelait immédiatement à l'ordre. D'ailleurs,

Vassia était trop honnête pour s'approprier les trouvailles d'un confrère. C'est ainsi qu'il ne tenta même pas de concurrencer Pouzyr, qui n'avait pas son pareil dans les contorsions et les anecdotes. Mais son manque d'invention l'inquiétait. Il passait des heures à essayer des mimiques devant un miroir. Cette quête de cocasserie était aussi épuisante que la recherche d'un point d'eau dans le désert. Il avait beau se creuser la cervelle, la récolte était si décevante qu'il regrettait de plus en plus la vie retirée dont il bénéficiait naguère au village. Chaque fois que la tsarine l'appelait auprès d'elle, il se désolait en prévoyant qu'elle lui poserait d'emblée la question fatidique :

— Alors, qu'as-tu de nouveau à me proposer ?

Malgré son désir de lui complaire, il ne pouvait que réitérer devant elle les grimaces et les jeux de mots de sa précédente visite. Tout en s'évertuant à paraître comique, il se savait d'avance condamné. Le sourire dédaigneux dont l'impératrice le gratifiait en le renvoyant accentuait en lui la honte de l'échec. Ecrasé par le sentiment de son impuissance, il perdait son temps à se morfondre et à trembler dans l'attente de la prochaine mise à l'épreuve. Son père lui rendait visite, de loin en loin, à l'étage des bouffons, et l'interrogeait sur le déroulement de sa carrière. N'osant lui avouer son désarroi, Vassia éludait ses questions et feignait même, pour le rassurer, un contentement vaniteux. Pourtant, l'hypocrisie était si peu dans son caractère qu'un jour d'angoisse il ne put se contenir et lui raconta ses déconvenues successives et sa peur d'être congédié pour incapacité.

Leur conversation se déroulait dans la vaste salle commune, alors que les autres bouffons de Cour se trouvaient aux étuves. C'était, en effet, le samedi, jour de grande toilette pour les amuseurs. Mais comme ils allaient revenir d'une minute à l'autre, Vassia craignait d'être interrompu par eux au milieu de ses confidences. Pressé par le temps, il cherchait dans les yeux de son père un reflet du dépit qu'il éprouvait lui-même. Cependant, loin de paraître affecté, Pastoukhov arborait une expression gaillarde. Vassia avait fait servir du thé avec des craquelins, par habitude. Son père huma le breuvage, en avala deux gorgées et grommela :

— Tu devrais peut-être changer de genre !

— Quand on est un nain, c'est pour la vie !
répliqua Vassia avec agacement. Et quand on
n'a pas la chance d'avoir la fibre comique, ce
n'est pas par la réflexion qu'on peut l'ac-
quérir !

Nullement impressionné par le raidisse-
ment irrité de son fils, Pastoukhov répliqua :

— Puisque ni ta petite taille ni tes folles
grimaces n'amusent Sa Majesté, il faut que tu
cherches autre chose pour la surprendre.

— Mais je ne fais que ça depuis des semaines, papa !

— Tu crois le faire. Seulement, tu ne sais
pas où sont tes véritables qualités. Rappelle-
toi, il y a quelques années, quand je venais te
voir à Balotovo, tu déchaînais les rires en imitant notre intendant Matvéitch dans ses interminables comptes rendus hebdomadaires, ou
le forgeron Stiopa qui entendait de plus en
plus mal à force de taper sur son enclume et
qui répondait de travers aux questions qu'on
lui posait, ou même, Dieu nous pardonne, le
pope du village, le père Théophane...

En écoutant son père, Vassia eut une brusque illumination. Un rayon de soleil venait
d'éclairer la pièce. Même le samovar, avec sa
panse rebondie, brillait d'un éclat insolite et

ronronnait de bonheur. Prêt à se réjouir, Vassia refusa néanmoins de céder à la tentation d'un réconfort trop prompt pour être assuré.

— C'était peut-être drôle à Balotovo, mais, ici, qui veux-tu que j'imite ? dit-il.

— Les modèles ne manquent pas !

— Tu me vois parodiant un ministre, le grand chambellan, le grand écuyer ?...

— Il faudrait commencer par des personnages moins importants. Tu verrais les réactions de la tsarine. Et, si elle prenait goût à la chose, tu grimperais d'échelon en échelon...

— J'aurais trop peur de me faire des ennemis en me moquant de tous ces gens haut placés ! gémit Vassia.

— Tu n'auras aucun ennemi tant que tu seras épaulé par notre tsarine et qu'elle te demandera d'aller de l'avant !

Cette phrase, que Pastoukhov avait prononcée avec une insinuante douceur, leva les derniers scrupules de Vassia. Partagé entre l'espoir et la crainte, il balbutia :

— Tu as peut-être raison... Je vais essayer... Au point où j'en suis, tout vaut mieux que l'indécision et le piétinement !

— Bravo ! s'écria Pastoukhov. Suis mon conseil, fiston, et bientôt, si tu sais t'y prendre, tu seras le bouffon préféré de la tsarine et la terreur de son entourage !

Un grand tumulte les interrompit. Les bouffons revenaient des étuves. Les cheveux humides, le teint rose et la mine épanouie, ils sentaient le savon et l'huile de massage. Pendant qu'ils s'asseyaient autour de la table et qu'un domestique apportait d'autres verres à leur intention, Pastoukhov, estimant sans doute qu'il n'était pas à sa place en leur compagnie, prit congé de son fils et lui recommanda, à voix basse, de ne pas trop tarder à faire profiter la tsarine de ses talents d'imitateur.

En se retrouvant parmi les autres bouffons, récurés et parfumés, Vassia se mêla à leur conversation, mais prit bien garde à ne pas leur révéler son projet. Tout en participant à leurs palabres et en riant de leurs plaisanteries, il se demandait déjà quelle serait la prochaine victime de ses sarcasmes. Il importait de choisir quelqu'un d'assez ridicule pour justifier une franche caricature et d'assez peu influent pour qu'il n'y eût pas à redouter une vengeance en retour. Après avoir inventorié mentalement tous les hôtes du palais, Vassia jeta son dévolu sur le majordome Igor

L'étage des bouffons

Alexandrovitch Kirilov, un brave vieillard, digne, raide et chenu, qui avait l'accent ukrainien et soufflait en parlant après chaque phrase, comme s'il voulait éteindre une bougie. Certes, en imitateur consciencieux, Vassia eût souhaité observer Kirilov plus longuement et de plus près pour mettre son numéro au point. Il n'en eut pas le loisir. Déjà un émissaire du palais venait chercher quelques bouffons de la part de Sa Majesté. L'homme avait une liste à la main et il fit l'appel du même ton froidement solennel que s'il avait convoqué des coupables devant le tribunal chargé de statuer sur leur sort. Cinq nains en tout, y compris Vassia et Pouzyr, constituaient le groupe des « requis ». Avant de bouger, Vassia jugea prudent de se recueillir un instant devant l'icône du dortoir.

Lorsque les bouffons, descendant des combles, arrivèrent au niveau des salons de la Cour, on les installa tous dans l'antichambre : Sa Majesté venait de recevoir une lettre de Paris, et le secrétaire de la main[1], Serge Zamiatine, était auprès d'elle et notait ses

---

1. Homme de confiance imitant l'écriture et la signature du souverain.

indications pour la réponse, ce qui promettait une longue séance de travail. Au bout de trois quarts d'heure, Zamiatine ressortit, un porte-feuille sous le bras et l'air gonflé de suffisance. Pouzyr fut aussitôt appelé à lui succéder dans le bureau de Sa Majesté. Peu après, les trois autres nains rejoignirent Pouzyr, tandis que Vassia demeurait seul à se ronger d'impa-tience. Encore dix minutes et Pouzyr repa-raissait, la mine déconfite, flanqué des trois compères qui n'en menaient pas plus large que lui. Manifestement, ils avaient raté leur prestation. Loin de s'en réjouir, Vassia en conçut encore plus de trac et recommanda son âme à l'apôtre des farceurs, qui était peut-être Judas.

Or, quand vint son tour, il franchit le seuil du bureau impérial avec l'impression décon-certante de n'être plus tout à fait lui-même. Étaient-ce encore ses jambes tordues qui le portaient et son visage disgracié qui s'avançait vers la tsarine ? A son insu, il était devenu un vieillard asthmatique, à la respiration sacca-dée et au faciès exagérément compassé. Un épouvantail à la ressemblance du pauvre Igor Alexandrovitch Kirilov. En répondant à une question de l'impératrice, il prit naturellement le savoureux accent petit-russien de son modèle.

— Sa Majesté aurait-elle la bonté de m'indiquer ce qu'elle attend de mon indéfectible dévouement ? demanda-t-il.

Le lourd visage d'Anna Ivanovna, d'abord impassible, se fendit dans un brusque éclat de rire. Elle venait de reconnaître, à travers le bouffon Vassia, son très vieux et très cérémonieux Kirilov. Un contentement souverain élargissait sa bouche et allumait ses yeux, tandis que des hoquets de joie secouaient son opulent corsage.

— C'est tout à fait lui ! s'exclama-t-elle. L'attitude, l'intonation, tout y est !... Pauvre Igor Alexandrovitch ! Tu le singes si bien que je ne vais plus pouvoir le regarder en face sans pouffer !

Et, s'adressant à Buhren, qui, selon son habitude, se tenait debout derrière elle, Anna Ivanovna demanda :

— Et toi, l'ami, qu'en penses-tu ?

— Oui, oui, dit Buhren. Il a très bien saisi la ressemblance !

— Il y a longtemps que je n'ai ri d'aussi bon cœur ! affirma-t-elle encore.

Et, tournée vers Vassia, elle l'apostropha avec une curiosité guillerette :

— D'où te vient ce don extraordinaire, Vassia ? De Dieu ou du Diable ?

— Je l'ignore, Votre Majesté... Mais je pencherais plutôt vers Dieu... Je suis profondément croyant... Dans mon enfance déjà...

Elle l'interrompit :

— Vois-tu d'autres personnes de ma connaissance que tu pourrais imiter de la même façon ?

— Je n'y ai pas encore pensé ! bredouilla Vassia, ahuri par ce succès inattendu. Mais je vais m'y mettre et je tâcherai de faire mieux encore, puisque Votre Majesté m'y encourage !

— Dépêche-toi, dit la tsarine. Les trognes hors du commun ne manquent pas à la Cour. Moque-toi de qui tu voudras et autant que tu voudras ! Je te donne carte blanche ! Et maintenant, va réfléchir à tes prochaines victimes. Je suis impatiente de les voir accommodées à ta manière. Quand tous ces beaux messieurs se retrouveront sous les traits d'un nain, ça les rendra moins fiers de leur prétendue importance !

En quittant l'impératrice, Vassia se sentit

singulièrement allégé. Ses pieds touchaient à peine le sol, et dans sa tête divagante se bousculaient les principaux personnages de la Cour avec leurs propos habituels et leurs tics familiers. L'abondance de la matière était telle qu'il avait du mal à se concentrer sur une figure plutôt que sur une autre. Il finit par se rabattre sur trois ou quatre dignitaires particulièrement ridicules mais dont il n'aurait jamais songé à railler les manies si Sa Majesté ne l'y avait formellement invité. Désormais, il était moralement obligé de dénoncer leurs moindres défauts en les exagérant. Son salut personnel dépendait même de l'insolence avec laquelle il tournerait en dérision des gens dont, au fond, il n'avait guère eu à se plaindre. Certes, il n'ignorait pas que plus il réussirait dans son entreprise et plus il aggraverait l'humiliation des malheureux qu'il aurait choisis pour cibles. Mais la nécessité d'amuser la tsarine justifiait amplement, pensait-il, les petites blessures d'amour-propre qu'il pourrait leur infliger au nom de la raison d'État. Après avoir passé en revue les courtisans les plus huppés pour en faire les pantins de ses futurs spectacles, il jeta son dévolu sur le grand échanson de Sa Majesté, son grand écuyer et son secrétaire de la main, Serge Zamiatine. Ce choix lui sembla d'emblée si judicieux qu'il ne douta pas de pouvoir en tirer, le moment venu, un feu d'artifice comique.

Dès le lendemain, il attendit avec impatience que la tsarine le rappelât. Cependant, les jours succédaient aux jours sans que Sa Majesté donnât signe de vie. A croire que, ayant changé d'avis entre-temps, elle avait oublié la commande qu'elle avait passée à Vassia. Ce qui le rassurait un peu, c'était de constater qu'aucun autre bouffon n'était convoqué à sa place. Toute la petite troupe se trouvait en vacances. Ce désœuvrement prolongé finit du reste par inquiéter jusqu'au sage Pouzyr, lequel, étant le plus ancien et le mieux introduit de la confrérie, prit sur lui d'aller se renseigner discrètement à la Cour.

Deux heures plus tard, il revint porteur d'une information inouïe : quinze jours auparavant, Sa Majesté avait surpris Johann Ernest Buhren, dans l'antichambre des appartements impériaux, en train de lutiner Nathalie Seniavskaïa, qui avait le feu aux joues, les jupes retroussées et le corsage dégrafé. Autant dire que la coquine était consentante. Depuis, la demoiselle d'honneur, ayant « perdu son honneur », avait été renvoyée chez ses parents, ce qui constituait un scandale sans précédent, et le favori coupable d'une si honteuse subornation n'était plus admis dans la chambre à coucher de son auguste maîtresse. Les caméristes de Sa Majesté avaient confirmé le fait à Pouzyr : le matin, quand elles se rendaient auprès de la souveraine pour la préparer à la cérémonie traditionnelle du lever, qui avait lieu dans les minutes suivantes en présence de quelques rares privilégiés, elles la trouvaient seule dans son lit et il n'y avait aucune trace de vêtements masculins à l'entour. Parmi les proches de l'impératrice, on faisait des paris sur le temps de pénitence qu'elle imposerait à l'impudent Buhren. De toute façon, d'après Pouzyr, qui avait interrogé plusieurs intimes de Sa Majesté, elle n'était pas disposée, en ce moment, à se divertir avec des fariboles. Il faudrait attendre une embellie, laquelle serait marquée, comme il se doit, par une admonestation du favori en bonne et due forme, suivie d'une tendre absolution. Depuis le temps que la tsarine et son amant partageaient les plaisirs du lit et ceux du pouvoir, ce n'était pas une Nathalie Seniavskaïa, avec ses vingt ans et son frais minois, qui était de taille à mettre en péril leur complicité.

— A mon avis, Sa Majesté boudera encore une semaine, disait Pouzyr. Pas plus ! Elle est aussi vive à pardonner qu'elle l'est à s'emporter. Qui sait même si, après un léger accroc dans les amours de ce couple exceptionnel, Buhren n'aura pas droit à un cadeau de réconciliation ?

— Quel genre de cadeau ? demanda Vassia.

— L'éventail est assez large et Sa Majesté est très généreuse. Elle a déjà comblé Buhren de titres et d'argent ! Elle l'a choisi comme chambellan, elle s'est arrangée pour lui faire octroyer le nom et les armes des Biron de France, alors qu'il est né obscurément de parents mi-paysans mi-hobereaux, elle lui a donné de nombreuses terres, elle a obtenu de la diète courlandaise qu'il soit préféré à tous les autres prétendants et nommé duc de Courlande... Et ce n'est qu'un début ! Elle trouvera bien le moyen de le gâter davantage encore d'un cœur léger en oubliant ses

récents accès de jalousie. On a beau être tsarine de toutes les Russies, la femme resurgit
dans la tête couronnée dès que les exigences
de la chair combattent celles du cerveau !

En écoutant Pouzyr, Vassia découvrait
avec stupeur les mœurs de cette Cour, dont
les membres les plus remarquables étaient
aussi extravagants que les bouffons chargés
de les distraire. Il lui semblait que tout, en ce
lieu d'exception, se déroulait au rebours des
règles applicables dans le reste du pays.
Poussé par une curiosité d'explorateur, il
hasarda encore une question :

— Et la belle Nathalie Seniavskaïa, que va-
t-elle devenir ?

— Elle a perdu son titre de demoiselle
d'honneur de Sa Majesté et sans doute ses
parents se dépêcheront-ils de la marier pour
éviter un nouvel esclandre !

— La pauvre ! murmura Vassia. Elle ne
méritait pas ça !

— Tu plaisantes ? Elle a tout fait pour
aguicher Buhren ! Maintenant, elle s'en mord
les doigts et elle pleurniche dans son coin !
Tant pis pour elle ! Ce n'est pas parce qu'on
a un joli sourire qu'on peut se permettre de

jouer les coquettes avec le favori de **Sa**
Majesté !

Cette conclusion énergique renforça Vassia
dans l'idée que, malgré ses violences, l'impératrice serait toujours sacrée aux yeux de ses
sujets. Douter d'elle, c'était douter de la Russie et, en quelque sorte, de Dieu qui l'avait
conduite par la main jusqu'au trône.

Cette nuit-là, s'étant assoupi plus tard que
de coutume au milieu des grognements et des
ronflements de ses compagnons de dortoir,
Vassia eut l'impression d'avoir retrouvé sans
effort le pur et tranquille sommeil de son
enfance.

VI

L'absolution du péché majeur de Buhren, que Pouzyr avait prévue huit jours auparavant, donna prétexte à un somptueux banquet offert au palais par la tsarine. Afin d'associer les derniers de ses sujets aux réjouissances impériales, elle fit servir aux bouffons, attablés dans la salle à manger de leur étage, sous les toits, un repas de fête avec hydromel et vodka à volonté. Au moment où ils attaquaient gaillardement les friandises du dessert, un valet de chambre apporta à Vassia, de la part de Sa Majesté, un billet fermé par un cachet de cire rouge. Il ouvrit le pli avec appréhension et lut ces quelques lignes tracées par le secrétaire de la main Zamiatine : « Prière au bouffon Vassia de se présenter à moi demain matin à dix heures. Je désire qu'il prépare pour cette entrevue une imitation aussi drôle que possible de Johann Ernest Buhren. » C'était signé : « Anna Ivanovna. »

Foudroyé devant son assiette à demi pleine, Vassia avala une rasade d'alcool pour se remettre de son émotion. Mais, loin de le requinquer, cette panacée nationale transforma son début de crainte en panique. Imiter Buhren ! Le saurait-il ? Et, s'il s'exécutait scrupuleusement comme le souhaitait la tsarine, ne lui en voudrait-elle pas, après coup, d'avoir raillé un homme qu'elle avait tant aimé et qu'elle aimait sans doute encore ? N'allait-il pas foncer, tête baissée, vers le piège qu'elle lui tendait par un caprice diabolique ? Pris en tenailles entre la peur de déchaîner la colère de Sa Majesté en refusant de lui obéir et celle d'éveiller plus tard sa rancune en lui obéissant, il songeait que la mort eût été préférable à ce choix déchirant et absurde. Autour de lui, les bouffons, ignorant le dilemme où il se débattait, continuaient à discutailler, à bâfrer et à boire. Seul Pouzyr, qui l'observait depuis un moment, semblait s'être avisé de son malaise. Assis vis-à-vis de Vassia, il demanda au milieu du brouhaha général :

— Rien de grave ?

Vassia jugea plus prudent de mentir.

— Non, non, répliqua-t-il précipitamment. La routine ! Sa Majesté exige que je me présente à elle demain...

— Et elle t'écrit ça, alors qu'elle aurait pu te le faire dire par un valet ?

— Oui... C'est bizarre...

— Bizarre ou non, ça ne nous regarde pas ! décréta Pouzyr en levant son verre et en fixant Vassia droit dans les yeux. D'ailleurs, dis-toi bien que ce qui serait bizarre chez n'importe qui d'autre est normal chez une souveraine. Surtout quand il s'agit de la souveraine qui règne sur notre cher pays où tout le monde est plus ou moins dérangé !

Ils burent, face à face, tels deux vrais amis que rien ne sépare, alors que, pensait Vassia, ils n'avaient plus en commun à présent que leur misérable nanisme, leur laideur et leur soumission à l'autorité impériale.

En retrouvant son lit dans le dortoir, après avoir mangé trop de sucreries et sifflé trop de vodka, Vassia, le regard perdu dans la pénombre, essaya de se remémorer les gestes, les mimiques, les intonations habituelles de Buhren, afin de les copier avec le plus de verve possible devant Sa Majesté. Jusqu'à l'aube, il se débattit ainsi contre un personnage dont il avait du mal à endosser les manières.

Sur le point de quitter l'étage des bouffons pour celui de la Cour, il souffrait encore de cette dualité qui l'obligeait à se travestir et à chercher le succès sous les apparences d'un autre. Il avait aussi peur de rater sa parodie que de la réussir. En s'efforçant de percer les intentions secrètes de la tsarine, il songeait que, sans doute, tout en pardonnant à Buhren sa légère infidélité, elle tenait à lui donner une dernière correction et à lui rabattre la crête. Ce faisant, elle croyait le punir en le livrant à la dérision d'un bouffon. Or, c'était le bouffon qu'elle punissait en le chargeant d'un rôle malveillant qui n'était pas dans sa nature.

Au moment de pénétrer dans les appartements impériaux, Vassia était à bout de nerfs et prêt à pleurer sur son sort. Il s'attendait à être reçu par la tsarine en audience privée. Aussi fut-il perclus d'angoisse lorsque, introduit dans le bureau de Sa Majesté, il la trouva assise à sa table de travail, avec Buhren en personne, debout derrière elle, et une douzaine de courtisans rangés en demi-cercle, à distance respectueuse. Ce n'étaient pas quelques amateurs de balivernes, mais un tribunal qu'on avait réuni à son intention.

Malgré le désordre de ses sentiments, Vassia remarqua que Nathalie Seniavskaïa ne figurait pas dans cet aréopage. Il en conclut que, contrairement au favori, elle n'avait bénéficié d'aucune mesure d'amnistie.

Le public étant en place, le spectacle pouvait commencer. A la vue de Buhren figé dans une attention vindicative, les forces de Vassia l'abandonnèrent. Il n'oserait jamais étaler ses pitreries sous les yeux de celui qu'elles étaient censées bafouer. Comme l'épouvante engourdissait sa langue et paralysait ses membres, la tsarine s'impatienta.

— Eh bien ! dit-elle. Que se passe-t-il ? As-tu oublié pourquoi je te faisais venir ?

Rappelé à l'ordre, Vassia regretta de ne s'être pas suicidé, la veille, en recevant la convocation de l'impératrice. Mais la meilleure façon de mourir, n'était-ce pas justement de se lancer dans le vide vertigineux de l'improvisation ? Négligeant les gestes et les grimaces qu'il avait préparés, il mima l'entrée de Buhren dans un salon, ses hochements de tête protecteurs face aux personnages de moyenne envergure, ses sourires de connivence envers les hauts dignitaires, son profond salut, l'échine cassée en deux et la main sur le cœur, devant Sa Majesté. Chacune de ses évocations était d'une vérité et d'une cocasserie flagrantes.

Tout au long de sa singerie, Vassia ne cessa d'observer l'assistance du coin de l'œil. La tsarine paraissait enchantée et agitait doucement un éventail en dentelle sous son triple menton. D'autres invités dissimulaient leur hilarité sous l'écran de leur main. Buhren lui-même affectait un plaisir sans arrière-pensée. Mais il devait ravaler sa rage sous les apparences de l'amabilité. Encouragé par l'accueil favorable des spectateurs, Vassia s'enhardit et força la caricature. Il avait noté au vol la manière virile dont Buhren soulevait, de temps à autre, le poids de son ventre au-dessus de la ceinture de cuir qui lui comprimait la taille, son habitude de se gratter l'oreille avant de répondre à une question embarrassante, son balancement des épaules rappelant un débardeur encombré de sa force, le tic qui l'obligeait parfois, pour mieux concentrer son esprit, à frotter son pouce contre son index comme s'il avait roulé une boulette de mie de pain entre ses doigts. Chacune de ces particularités soulignées par le bouffon déclenchait les rires de Sa Majesté, aussitôt imitée par le reste de l'assemblée. Même Buhren, résolu sans doute à se montrer beau joueur, participait à la joie du grand nombre. Assuré de tenir enfin un succès indiscutable, Vassia entreprit de parodier, au pied levé, une harangue du favori devant le Haut Conseil. Au cours d'une allocution satirique, il mélangea les noms propres, les dates, les pays et les considérations politiques en une bouillie pompeuse et désopilante. Il avait pris la voix aux intonations allemandes si caractéristiques de son modèle. Pour achever sa déclaration avec plus de drôlerie encore, il feignit de s'adresser à la tsarine par-dessus la tête de ses consultants habituels :

— Que Votre Majesté me pardonne, mais je crois qu'elle devrait renvoyer tous les ministres, tous les généraux, tous les gouverneurs qui sont actuellement à son service. Il y a trop de Russes parmi eux ! Or, il est bien connu que les Russes ne savent pas diriger leur pays et que seuls les Allemands ont le génie de la politique, de l'administration et de la guerre !...

Cette proclamation constituait évidemment

une charge des idées de Buhren, lequel n'avait jamais oublié tout ce qu'il devait à sa Courlande natale. Quantité de boyards lui reprochaient en secret ses sympathies allemandes, mais nul n'osait s'en plaindre ouvertement, par crainte d'indisposer l'impératrice. Les phrases que Vassia, emporté par son élan, avait jetées en pâture au public répondaient si exactement à la malveillance de certains qu'il redouta aussitôt d'avoir passé la mesure. Il est toujours dangereux de porter les premiers coups de pioche à la statue d'une idole. Cependant, la tsarine, un instant suffoquée par la brusquerie de l'attaque, s'esclaffa soudain et battit des mains, imitée servilement par toute sa suite. Pour n'être pas en reste, Buhren fit, lui aussi, contre mauvaise fortune bon cœur.

— Parfait ! Sacré Vassia ! dit la tsarine. Aucun défaut ne t'échappe ! Tu as un regard de faucon ! Malheur au gibier qui tombe sous ta griffe !... Mais on peut rire de quelqu'un tout en lui gardant son estime, voire son affection !

— C'est l'évidence même, Votre Majesté ! répliqua Vassia avec une souplesse protocolaire. Dans un cœur chrétien, et par conséquent charitable, l'admiration et le rire se nourrissent l'un de l'autre.

Cette formule, chère au père Théophane, Vassia l'avait souvent entendue dans son enfance, à Balotovo.

— Oui, oui, murmura la tsarine. Ta remarque est très pertinente. Serais-tu en train de devenir un véritable courtisan ? En tout cas, tu ne manques pas de repartie. Je te félicite. Va en paix, et pense à d'autres imitations, à d'autres cocasseries. Nous en avons grand besoin au palais !

En se retirant au milieu de la sympathie générale, Vassia savourait le miel de ces compliments, et cependant il n'était qu'à demi rassuré. Qu'arriverait-il si Sa Majesté, après lui avoir exprimé son entière satisfaction, changeait brusquement d'avis et, circonvenue par Buhren, se déchaînait contre l'infortuné parodiste coupable d'avoir ridiculisé, sur son ordre, l'homme dont elle avait la faiblesse de rechercher à nouveau les conseils et l'amour ?

En arrivant à l'étage des bouffons, il fut surpris de l'accueil enthousiaste que lui réservaient ses compagnons. Par quelle indiscrétion étaient-ils déjà au courant du triomphe qu'il avait remporté auprès de Sa Majesté ?

Sans doute y avait-il de nombreux espions aux abords du trône ? Aucune porte, aucune cloison ne résistait à leur curiosité. Selon les nains et les pitres de la confrérie, la réussite de Vassia était d'autant plus remarquable que personne avant lui, en Russie, n'avait songé à faire rire aux dépens d'un personnage célèbre. En exagérant les défauts de ses modèles, il apportait une innovation dans l'exercice traditionnel de la plaisanterie, il imaginait un art spécial : celui de la caricature vivante. En avait-il seulement conscience ? Il avoua que non, et qu'il n'y avait là aucun calcul de sa part. La parodie lui était, disait-il, aussi naturelle que la prière à un bon chrétien. Devant cette protestation de modestie, tous les experts en bouffonnerie décidèrent qu'ils venaient de recevoir, à travers lui, leurs lettres de noblesse.

— Fini, pour toi, l'étage des bouffons ! s'écria l'un d'eux. Je ne te donne pas un mois pour être appelé à habiter régulièrement au palais, parmi les plus proches serviteurs de Sa Majesté !

— On te regrettera ! renchérit un autre. Mais j'espère que tu ne nous tourneras pas le dos, dans ta nouvelle situation ! Nous comptons sur toi pour maintenir le contact entre les grands et nous ! Quelques marches à grimper pour nous revoir, ce ne sera pas le diable !

Tranchant sur la gaieté de la petite troupe, Pouzyr, à l'écart de tous, paraissait songeur. Or, il était le seul dont l'opinion importât au vainqueur de la compétition. Vassia avait eu souvent l'occasion d'apprécier la perspicacité et la modération du plus ancien des bouffons. Le voyant perplexe, il n'eut de cesse qu'il ne se retrouve tête à tête avec lui.

Ce fut seulement après le déjeuner pris en commun, au cours duquel on dégusta les reliefs du plantureux festin de la veille, que les deux hommes purent s'isoler dans la chambre de Pouzyr. Une cellule aux murs nus, avec un lit de fer, deux chaises paillées et une table chargée d'almanachs, que Pouzyr collectionnait afin de renouveler sa réserve d'anecdotes et de bons tours. Allongé tout habillé sur le dos, les mains jointes sous la nuque et le regard au plafond, Pouzyr « le sage » méditait. Après s'être concentré en silence, il marmonna :

— Je suis aussi embarrassé que toi, Vassia. Est-ce un bien, est-ce un mal, cette moquerie autour de Buhren ? Nul ne peut deviner ce qui se passe, en ce moment, dans la tête de Sa Majesté ! A coup sûr, elle a estimé que son favori s'en tirait à trop bon compte après son incartade ! Elle a voulu lui taper sur les doigts une dernière fois. Mais s'en tiendra-t-elle là ? Elle n'est pas femme à se contenter de si peu !

— En tout cas, si je dois redouter quelqu'un désormais, ce n'est pas la tsarine, mais Buhren, observa Vassia. Il ne me pardonnera jamais d'avoir osé faire rire à ses dépens !

— Contrairement aux apparences, Buhren et la tsarine ne font qu'un, dit Pouzyr avec la tranquille autorité d'un connaisseur des âmes. Leurs rancunes secrètes et leurs élans de désir se confondent en s'opposant. C'est à la fois compliqué et absurde, comme tout ce qui est humain. Ainsi qu'il arrive souvent dans les vieux couples, je crois qu'ils ne savent plus choisir entre l'habitude et la haine. Ils ont encore besoin l'un de l'autre en se détestant !

— Quoi qu'il en soit, je voudrais me tenir aussi loin que possible de cette affaire, dit Vassia. Elle ne me concerne en rien. Qu'ils se débrouillent entre eux !

— Oui, oui, fais-toi petit, Vassia. Disparais de leur horizon à tous les deux. Mais en continuant à veiller au grain. On n'est jamais à l'abri des bourrasques, quand on se nourrit de l'air du palais. Et maintenant, laisse-moi. Je vais faire ma petite sieste de l'après-midi. Et je te conseille de prendre toi aussi un peu de repos pour décanter tes idées.

— Je n'ai pas besoin de décanter mes idées ! rétorqua Vassia, déçu de rester sur sa faim après une conversation dont il attendait beaucoup.

Jusqu'au soir, il rumina ainsi une inquiétude d'autant plus envahissante qu'il ne savait pas en définir les causes. Peu avant le dîner, il reçut la visite de son père. Bien qu'il fût heureux de le voir, il ne lui dit rien de sa brillante imitation de Buhren et des compliments dont Sa Majesté l'avait honoré à cette occasion. Ce fut Pastoukhov qui aborda indirectement le sujet des affaires sentimentales du favori. Habitué des salons pétersbourgeois, il avait entendu parler des malheurs de la famille Seniavski, dont la fille avait été « souillée » par les assauts galants de Buhren. Au dire de certains, ce dernier n'avait pas seulement lutiné Nathalie dans l'antichambre des appartements de l'impératrice, mais, l'ayant attirée dans une maison de campagne, cadeau de Sa Majesté, il l'avait « séduite et déflorée ». En chuchotant cette précision croustillante, Pastoukhov avait un visage hilare. Assis avec son fils au fond de la salle commune, tandis que les autres bouffons attablés grignotaient quelques friandises en buvant du thé au miel, il répétait avec un acharnement salace :

— Déflorée ! Tu entends, Vassia, déflorée ! Dorénavant, elle ne peut plus prétendre épouser un homme de qualité. Ses parents sont au désespoir ! Il paraît qu'ils sont allés solliciter la grâce de leur fille auprès de Sa Majesté. Celle-ci, qui est la bonté même, aurait promis, si cette sotte de Nathalie se repent publiquement, de la reprendre à la Cour, non plus comme demoiselle d'honneur, bien entendu, puisqu'elle a été notoirement compromise, mais comme dame d'honneur, ce qui serait une manière élégante de passer l'éponge !

— Voilà une décision qui témoigne d'une grande bienveillance chez Sa Majesté ! dit Vassia.

— Oui. Aussi tout le monde, en ville, célèbre déjà la mansuétude de notre souveraine dans cette sordide aventure. Toutefois, la tsarine met une condition à son infinie clémence : c'est que, afin d'effacer complètement sa faute aux yeux de Dieu, Nathalie Seniavskaïa épouse l'homme que Sa Majesté lui aura choisi pour mari !

— Cela me semble la plus sage des précautions ! reconnut Vassia.

Ayant épuisé le sujet des intrigues amoureuses du palais, le père et le fils se rabattirent sur la politique, qui, à tort ou à raison, dérangeait en ce moment les esprits chagrins. On parlait beaucoup, çà et là, des manœuvres sournoises d'Élisabeth Petrovna, l'unique fille encore vivante de Pierre le Grand, pour se rapprocher du trône et en écarter Anna Léopoldovna, la nièce de l'actuelle tsarine, Anna Ivanovna. Or celle-ci, n'ayant pas eu d'enfant et s'étant empressée d'adopter la toute jeune Anna Léopoldovna comme sa fille, comptait maintenant la marier au prince prussien Antoine-Ulrich de Brunswick-Bevern afin que le ménage manigancé par ses soins engendrât au plus vite un héritier légitime au trône de Russie. Ainsi du moins, la lignée représentée par Anna Ivanovna ne s'éteindrait pas avec elle ; c'était même devenu son idée fixe, au moment des premières atteintes de l'âge. De tout ce micmac, Vassia ne retenait qu'une impression d'ensemble assez déconcertante. Elle le confirmait dans l'opinion que Sa Majesté était une marieuse-née, dont le plaisir était d'assembler des couples selon sa fantaisie, de même que la manie de certaines femmes de haut rang est de jeter de loin en loin un regard sur ce qui se passe chez elles aux cuisines.

— Sa Majesté est tellement pressée d'unir sa nièce au prince Antoine-Ulrich de Bevern, dit-il, que je la vois mal s'occupant de trouver dans le même temps un mari pour la pauvre Nathalie Seniavskaïa !

— Le propre des femmes de caractère est de savoir mener plusieurs affaires de front ! affirma Pastoukhov sentencieusement.

Après son départ, Vassia, encore ébranlé par les révélations de son père, alla trouver Pouzyr afin de lui apprendre les récentes décisions de Sa Majesté touchant le sort de Nathalie et de Buhren. Or, Pouzyr était déjà au courant de ce nouveau rebondissement dans les rapports du « trio infernal », comme on le qualifiait dans les papotages mondains.

— C'était inévitable ! décréta le doyen des bouffons. Tant que la tsarine n'aura pas réglé leur compte à tous les responsables de cet imbroglio, elle ne sera pas tranquille !

— Tu redoutes qu'à cause de cette sale histoire Sa Majesté n'en ait assez de son entourage et ne renvoie tout le monde, à commencer par les bouffons ?

— Non ! affirma Pouzyr. Je crois qu'en l'occurrence notre rang subalterne nous protège ! Pour la première fois, peut-être, nous pouvons remercier le Ciel d'avoir fait de nous des avortons disgracieux. Il n'en va pas de même pour les personnages que leur notoriété, leur fortune ou leur belle allure signalent à l'admiration des foules. Leur seule présence au palais peut attiser des désirs de revanche chez la souveraine.

Cette réflexion confondit Vassia par sa cruelle justesse. De nouveau, il se dit que, sur cette terre, le rôle de l'homme n'était pas de redresser la tête à tout propos pour défier les maîtres naturels de son destin, mais, au contraire, de courber les épaules et d'accepter les événements quels qu'ils fussent, à l'heure ou il plairait à Dieu ou à Sa Majesté de les lui envoyer.

Le soir même, avant l'extinction des bougies, Vassia eut recours, comme jadis dans la solitude de Balotovo, à la lecture de la Bible pour se réconforter. Feuilletant le gros volume au hasard, il tomba sur une phrase de l'épître de saint Paul aux Romains qui lui parut contenir une réponse éblouissante à son interrogation. Il la lut et la relut avec gratitude. « Il n'y a point d'autorité qui ne vienne de Dieu et c'est lui qui a établi toute chose. C'est pourquoi celui qui s'oppose à l'autorité résiste à l'ordre que Dieu a voulu... Il est bon et donc nécessaire d'être soumis, non seulement par la crainte du châtiment, mais aussi par devoir de conscience[1]. » La recommandation était sans équivoque. Immédiatement, Vassia se rappela les lointaines exhortations du père Théophane. C'était la voix usée et chevrotante du vieux pope de Balotovo qui s'élevait de cette page du Nouveau Testament. Vassia le remercia mentalement de répéter, à travers les formules du texte sacré, son tranquille enseignement d'autrefois, referma le livre, se signa à trois reprises et s'endormit, apaisé, parmi les autres bouffons.

1. Saint Paul, *Épître aux Romains*, XIII, 1, 2 et 5.

L'étage des bouffons

Plus tard, en se réveillant dans la pénombre odorante de la chambrée, il se sentit davantage encore lié aux dormeurs par la similitude de leurs tares héréditaires et de leurs destins. Quand on a vécu depuis son enfance en compagnie de personnages au physique différent du sien, il est réchauffant, pensait-il, de se trouver plongé par les circonstances au milieu de gens si proches de vous par leur monstruosité. Ce qui, hier, passait pour difforme devient, imperceptiblement banal et même nécessaire. Ivresse d'appartenir à une communauté spécifique, aussi respectable dans ses bizarreries que celle des individus normaux, tout fiers de leur conformité avec le stéréotype de la race. Paupières closes, respiration contrôlée, Vassia savourait la signification magique du mot « semblable ». Enfin, il avait des « semblables » à ses côtés. Il n'était plus seul de son espèce. Et cette découverte, il la devait à la tsarine. Il se rendormit en bénissant le nom de Sa Majesté.

VII

Durant les trois semaines suivantes, l'intérêt de tous les proches du trône fut concentré sur les tentatives de la tsarine pour persuader sa nièce, Anna Léopoldovna, d'accueillir favorablement le minable prince Antoine-Ulrich qu'elle s'était mis en tête de lui faire épouser. Les hauts et les bas de cette délicate entreprise matrimoniale oblitéraient aux yeux de la Cour l'aventure ratée de Nathalie et de son soupirant d'occasion, Buhren. Même les bouffons suivaient avec passion le déroulement des opérations, depuis les protestations désolées d'Anna Léopoldovna, dont le cœur, disait-on, était engagé ailleurs, jusqu'à sa capitulation devant l'insistance de Sa Majesté et aux fiançailles forcées de la malheureuse.

Le mariage eut finalement lieu avec éclat le 14 juillet 1739. Ni Vassia, ni Pouzyr, ni aucun

113

bouffon ne fut invité à la cérémonie nuptiale, suivie d'un bal somptueux dans les salons du palais. Mais tous les témoins de la fête vantèrent la splendeur de la robe tissée d'argent de la jeune mariée, et la beauté de l'inévitable Élisabeth Pétrovna, que la tsarine avait voulu écarter de la succession en s'offrant, au dernier moment, la possibilité d'une descendance inattendue et incontestable. Grâce à l'union hybride d'une nièce adoptée sur le tard et d'un prince allemand que, la veille encore, elle ne connaissait pas, Sa Majesté était enfin assurée qu'aucune lignée rivale ne disputerait la primauté à la sienne après sa mort. Encore fallait-il, pour le succès de la combinaison, qu'Anna Léopoldovna fût rapidement fécondée par ce lourdaud d'Antoine-Ulrich. Selon Pouzyr, qui avait des accointances parmi la domesticité impériale, Buhren avait convaincu Sa Majesté de confier à quelques bouffons le soin de monter une représentation mi-comique, mi-érotique devant les jeunes époux, afin de les mettre en train.

Dans la dernière quinzaine d'août, en effet, Vassia fut convié par la tsarine à jouer une scène d'amour aussi ridicule que possible pendant un grand banquet, avec pour parte-

naire une naine dénichée on ne savait où :
une de ces « extras » dont parlait Pouzyr. Ce
couple de « format réduit », selon la formule
de Buhren, devait, par ses grimaces et ses tré-
moussements, divertir et instruire les tourtereaux protégés par Sa Majesté. Suivant les
recommandations du favori, les deux nains,
affublés de costumes français du siècle précédent, avaient été dissimulés derrière une
gigantesque pyramide de fruits. Aux premiers
accents de l'orchestre, ils se précipitèrent hors
de leur cachette et se livrèrent à une singerie
diabolique, mains virevoltantes, museau contre museau, avec des gémissements d'extase.
Dès le début, cette exhibition, dont Vassia
appréhendait la grossièreté, se déroula dans
une atmosphère glaciale. Pour dégeler l'assistance, la naine dégrafa son corsage sur une
poitrine flasque, tandis que Vassia esquissait
le geste de rajuster son haut-de-chausse, ce
qui n'amusa personne. Même Buhren, insti-
gateur du spectacle, semblait déçu par le
résultat. Quant à la très blonde Anna Léopoldovna et au très banal Antoine-Ulrich, non
seulement ils ne riaient pas, mais ils avaient
l'air pressés de quitter la table. Après tout, le
but recherché n'était-il pas d'inciter le couple

à rentrer chez lui pour sacrifier aux plaisirs de la chair et offrir un héritier à la tsarine ? Pourtant, refusant cette interprétation réconfortante, Sa Majesté ne cachait pas son dépit. A une heure du matin, avant même que l'échanson versât dans les coupes le vin sucré du dessert, elle chassa les invités et, suivie de Buhren, se retira dans ses appartements.

Ayant regagné, tard dans la nuit, l'étage des bouffons, avec la navrante impression d'avoir déçu sa bienfaitrice, Vassia patienta jusqu'au lendemain pour faire part à Pouzyr de son désenchantement. Celui-ci le rassura en deux mots. A son avis, la farce de la veille était sans importance, car, fort probablement, Anna Léopoldovna et son mari n'avaient pas attendu le numéro suggestif des bouffons pour coucher ensemble. A leur âge, ils n'avaient besoin de personne pour leur apprendre à se caresser. Pouzyr tenait cette information d'une cameriste d'Anna Léopoldovna, celle-là même qui changeait les draps du lit conjugal et savait donc mieux que quiconque ce qui se passait là-bas, à huis clos. Quant à Buhren, sa cote auprès de la tsarine variait d'un jour à l'autre. Il n'était plus admis qu'une nuit sur deux, ou même sur trois, dans la chambre à coucher impériale. Le bruit courait que, après une brève réconciliation, Sa Majesté lui reprochait à nouveau son engouement pour Nathalie Seniavskaïa. Dernièrement, elle avait convoqué les parents de la donzelle pour discuter avec eux du sort qu'il fallait réserver à cette brebis galeuse. A en croire Zamiatine qui, de par sa fonction, hantait constamment l'antichambre des appartements de la tsarine, le père et la mère de Nathalie étaient ressortis en larmes du bureau de Sa Majesté. Sans en tirer aucune conclusion précise, Pouzyr estimait qu'il y avait là les signes avant-coureurs d'un nouvel orage.

Pourtant, une semaine s'écoula encore sans que la tranquillité de Vassia et des autres bouffons de l'étage fût troublée par un événement notable. Puis soudain, le 28 août, à l'heure du déjeuner, un émissaire de la tsarine vint, comme jadis, remettre à Vassia un pli cacheté aux armes de l'impératrice : « Ordre au bouffon Vassia de se présenter à moi, cet après-midi même, à quatre heures et quart, pour une communication de la dernière importance. »

En montrant le billet comminatoire à Pouzyr, Vassia soupira :

— Qu'a-t-elle encore imaginé ?

— Fais-lui confiance ! répondit Pouzyr.
Elle ne sera jamais à court d'inventions ! Je
crois même qu'à elle seule elle a plus de folie
en tête que tous ses bouffons réunis en con-
clave !

— L'ennui, c'est que ses trouvailles à elle
ne sont pas toujours drôles !

— Les nôtres non plus, Vassia ! Ne te pose
donc plus de questions et prépare-toi.

— A quoi ?

— A tout ! dit Pouzyr en lui appliquant
une grande tape dans le dos.

Ce viatique amical aida Vassia à attendre
avec résignation le moment de comparaître
devant Sa Majesté. Le même cérémonial
compassé l'accueillit dès le seuil du bureau,
avec le même parfum de musc, les mêmes
meubles en acajou rehaussé d'ornements en
bronze, les mêmes tableaux officiels aux
murs, et, assise à une grande table encombrée
de paperasses, la même vieille femme, lourde
et grasse, au regard d'épervier. Pour une fois,
Buhren n'était pas à l'affût derrière ses épaules, mais, en l'absence du favori, elle paraissait

encore plus inaccessible : une zone de froid l'entourait. Elle reçut Vassia avec un sourire tellement ambigu qu'il crut y lire une menace. Ayant souvent remarqué qu'elle frappait d'autant plus cruellement ses interlocuteurs que son expression était plus amène, il se mit instinctivement sur ses gardes. Comme toujours lorsqu'elle s'absorbait dans une réflexion importante, l'impératrice ouvrait et rabattait rapidement le couvercle de sa tabatière ; le léger clic-clac du fermoir ponctuait seul le silence auguste du lieu. Tout à coup elle parla, sans que son visage trahît autre chose qu'une profonde indifférence à l'égard du nain qu'elle apostrophait :

— J'ai pensé à ton cas, Vassia. Tu vas avoir vingt-trois ans. C'est l'âge des grandes résolutions dans la vie d'un homme. Tu ne peux rester seul indéfiniment. Il te faut une épouse. J'ai donc cherché autour de moi la femme qui te conviendrait le mieux !

Dès les premiers mots de cette harangue faussement maternelle, Vassia comprit que l'impératrice avait cédé, une fois de plus, à sa manie de marier les gens contre leur gré. Il ne lui avait pas suffi de jeter sa nièce dans les bras d'un principicule allemand que la jeune fille n'aimait pas. Cette union, célébrée en grande pompe, avait mis Sa Majesté en verve. Elle voulait se surpasser dans les performances matrimoniales en utilisant les bouffons qu'elle avait sous la main. Le cœur en alerte, Vassia se taisait et attendait le coup de grâce. Il savait trop que, chez la tsarine, la sollicitude pouvait être plus redoutable que le ressentiment.

— Tu ne me demandes pas le nom de ta future fiancée ? murmura la tsarine avec une ironie qui se voulait bonasse.

Tiré d'une songerie paralysante, Vassia balbutia dans un souffle :

— Si, si, bien sûr, Votre Majesté ! Qui est-ce ?

— Eh bien, sois heureux ! répondit l'impératrice. J'ai voulu te donner pour femme une vraie perle : Nathalie Seniavskaïa.

Stupéfié de la tête aux pieds, Vassia se rappela, le temps d'un éclair, l'aventure de l'ex-demoiselle d'honneur avec le cynique Buhren. De toute évidence, après avoir feint de pardonner leur conduite aux deux coupables de ce scandale de Cour, Sa Majesté se ravisait et cherchait à compléter sa vengeance en les punissant tous deux à sa manière. Comment l'autocrate de toutes les Russies aurait-elle pu résister à la tentation de mettre dans le lit de Nathalie, à la place du favori avantageux qui avait bénéficié jadis des faveurs impériales, un nain hideux, dont la seule vue eût suffi, pensait Vassia, à faire avorter n'importe quelle femme ? Le caprice de la tsarine excluant toute protestation dans un pays où monarchie et religion ne faisaient qu'un, il songeait avec terreur qu'il ne pouvait être question ni pour lui, ni pour Nathalie de s'opposer à un mariage dont ni elle ni lui ne voulaient. Seules, peut-être, les suppliques respectueuses de leurs deux familles avaient quelque chance de troubler les intentions de Sa Majesté. Vassia se promit d'intervenir à ce sujet auprès de son père dès le lendemain. En attendant, il se devait de remercier l'impératrice de l'intérêt qu'elle portait à son avenir sentimental.

— C'est une nouvelle extraordinaire que m'apprend Votre Majesté ! bredouilla-t-il. Je ne sais comment me rendre digne d'une pareille faveur !

— Oui, reconnut Anna Ivanovna. Je t'offre là un fameux cadeau ! Elle est belle et je la crois capable de rendre heureux quiconque la traitera avec affection et respect... sans toutefois la respecter outre mesure !

Cette rectification, apportée par Sa Majesté elle-même à l'appréciation des qualités de Nathalie, parut la divertir secrètement. Elle souriait avec une tranquille méchanceté, comme si elle eût dégusté un plat doux-amer de sa composition.

— Reviens me voir dimanche prochain, dit-elle encore. Nous mettrons au point les derniers détails de l'affaire.

Et elle sonna son valet de chambre pour qu'il reconduisît le nain à la porte.

Le lendemain, Vassia, après une nuit d'insomnie, renonça à attendre la visite hebdomadaire de son père et, profitant de la permission accordée aux bouffons de s'absenter deux heures par jour pour leurs affaires personnelles, courut à la maison afin d'informer les siens des derniers projets de la tsarine. Pastoukhov et Eudoxie écoutèrent son récit bouche bée, puis éclatèrent d'une joie délirante. Leur enthousiasme était mêlé de gratitude. On eût dit que Vassia leur rendait service en intéressant la tsarine à son statut de nain célibataire. Alors qu'il était effaré à la perspective d'un mariage qui ne pouvait que désespérer Nathalie et renforcer en lui-même la notion de sa monstruosité, son père et Eudoxie pavoisaient. Des deux, c'était elle d'ailleurs qui semblait la plus exaltée :

— Je suis sûre que dans aucun de tes rêves tu n'as imaginé qu'une aussi jolie femme te tomberait un jour dans les bras ! Ah ! le soir de tes noces, tu pourras te vanter d'avoir décroché la merveille des merveilles !

— Et Nathalie, dit-il, de quoi pourra-t-elle se vanter quand je me déshabillerai devant elle ?

— Une femme n'a pas besoin que son mari ait fière tournure pour l'aimer et le respecter, affirma Eudoxie.

— C'est tout à fait exact ! renchérit Pastoukhov. L'épouse ne demande à son conjoint que de l'intelligence, de l'honnêteté, du sérieux, de l'affection !...

— Et tu as tout cela dans le cœur, Vassia ! s'exclama Eudoxie.

— J'essaierai d'en convaincre Nathalie, lorsque je la rejoindrai dans le lit ! ricana Vassia.

Le seul fait de formuler à haute voix la

crainte qui le poursuivait jour et nuit précipita sa honte. Il se voyait avec horreur, lui, le nabot, tendant les mains dans un geste d'imploration maladroite vers le corps d'une femme dont la beauté l'accablerait.

— En tout cas, reprit Pastoukhov, je connais bien les parents de Nathalie : Victor et Galina Seniavski sont des gens charmants, tout à fait de notre monde et dans nos idées ! Je leur rendrai visite demain ou après-demain pour savoir s'ils ont été officiellement avertis et comment ils envisagent l'avenir.

— Tâche de savoir surtout ce qu'en pense Nathalie ! insista Vassia.

— Oui, oui ! Bien que ce ne soit pas le plus important dans la conjoncture actuelle ! dit Pastoukhov. Je t'avertirai dès qu'il y aura du nouveau !

Trois jours plus tard, en retournant quai de la Moïka auprès de son père et d'Eudoxie, la première question de Vassia fut :

— Les as-tu rencontrés ?

— Bien sûr ! dit Pastoukhov. J'allais justement te faire signe !

— Savaient-ils déjà ?

124

— Sa Majesté les avait mis au courant en même temps que toi.

— Et Nathalie ?

— Elle aussi a été prévenue.

— Qu'a-t-elle dit ?

— Que veux-tu qu'elle dise ? Elle est comme toi, comme nous ! Elle n'a pas le choix. Dans la situation où elle se trouve, il ne lui appartient pas de discuter les ordres de Sa Majesté. Quant à ses parents, ils sont ravis de l'arrangement qui se prépare. Victor et Galina Seniavski recevront d'ailleurs comme présent les terres et les paysans d'une propriété voisine de la leur, dépendant de la Couronne, et qu'ils convoitaient depuis longtemps. Tu sais bien, dans les environs de Pavlovsk... Il est possible que, nous aussi, nous soyons récompensés de notre compréhension par l'attribution de la forêt et de l'étang qui jouxtent Balotovo !

— En somme, tout le monde est content ! grommela Vassia avec une fureur contenue.

— On le serait à moins ! observa Eudoxie.

— Tout le monde est content, reprit Vassia, sauf les deux principaux intéressés à qui on n'a pas demandé leur avis !

— De quoi te plains-tu, puisque je te

répète que Nathalie est d'accord ? grogna Pastoukhov.

Mais Vassia ne renonçait pas à son appréhension.

— D'accord ou résignée ? dit-il.

— C'est la même chose, fiston ! répondit son père. Tous les mariages commencent par boiter. Puis, à la longue, l'équilibre se fait et la raison l'emporte. Même si le mari et la femme ne sont pas vraiment attirés l'un vers l'autre au début, ils finissent par s'entendre et par faire des enfants. Regarde autour de toi : pas plus tard que le mois dernier, Anna Léopoldovna a été obligée, pour obéir à sa tante, notre vénérée tsarine, d'épouser le prince Antoine-Ulrich, alors que, paraît-il, elle en aimait un autre. Elle a beaucoup pleuré avant la bénédiction nuptiale. Et maintenant, elle fait son métier de femme comme les autres. Fêtée, honorée, elle est même, peut-être, déjà enceinte ! Quel merveilleux exemple pour Nathalie ! Un exemple venu des plus hautes sphères ! C'est la Providence qui vous indique ainsi le chemin à suivre !

— Oui ! dit Vassia. Mais, si Antoine-Ulrich n'est pas précisément bel homme, il n'est pas non plus un nain !

— Cesse de te tourmenter à cause de ta petite taille et tout ira bien pour vous deux ! proclama Eudoxie.

— C'est à Nathalie que tu devrais donner ce conseil ! rétorqua Vassia. Où est-elle en ce moment ?

— A Verkhovnoïé, près de Pavlovsk, dans la propriété familiale.

— Quand la verrai-je ?

Ce fut Pastoukhov qui répondit :

— Dès que la tsarine le jugera utile. A mon avis, ça ne saurait tarder. D'ailleurs, si je ne m'abuse, tu as déjà eu l'occasion de faire connaissance avec ta Nathalie !

— Je l'ai aperçue plusieurs fois de loin, dans une réunion, au palais. Mais je ne l'ai jamais approchée.

— Et tu es impatient de te trouver seul à seule avec elle ! dit Eudoxie d'un ton coquin.

— Je suis surtout impatient de lire sur son visage l'impression que lui fait un gnome de mon acabit !

— Voilà que tu recommences tes jérémiades ! s'écria Eudoxie. Ne dirait-on pas que ton père et moi te conduisons à l'échafaud !

— Qu'aurais-tu pensé si mon père, à l'époque où il voulait faire de toi sa maîtresse, avait été un nabot tordu !

— J'aurais pensé que, si je ne pouvais pas agir sur sa taille, je pourrais toujours agir sur son cœur ! répondit Eudoxie avec une expression théâtrale.

Agacé par cette emphase, Vassia haussa les épaules. Aussitôt, comprenant qu'elle avait péché par excès de noblesse, Eudoxie voulut se rattraper et ajouta avec un lourd à-propos :

— Fais confiance à Nathalie. Si Buhren l'a distinguée, c'est qu'elle est vraiment digne d'être aimée par un homme de bien !

Ce rappel malencontreux des aventures de Nathalie avec le favori accentua encore la répulsion que Vassia avait de son propre corps, si misérable, et de son destin de quémandeur. Alors qu'il étouffait de honte, il se souvint des paroles raisonnables de saint Paul dans son épître aux Romains. Était-il possible que rien n'eût changé dans les rapports entre les hommes et le pouvoir depuis le temps où l'Apôtre des Gentils leur recommandait, à la fois, le respect de Dieu, l'obéissance aux autorités et l'amour du prochain ? Après tout, si l'on s'en tenait aux Saintes Écritures, il y avait toujours un miracle à espérer pour les âmes chrétiennes.

Peut-être Nathalie, visitée par une inspiration céleste, finirait-elle par voir en lui non plus l'avorton difforme qu'il était aux yeux de tous, mais un être bon, juste et affectueux, aussi normalement constitué à l'intérieur qu'il paraissait monstrueux quand il se regardait dans une glace ? Peut-être Eudoxie était-elle dans le vrai lorsqu'elle évoquait cette faculté essentiellement féminine de grandir les nains ? Il avait un tel besoin d'être sauvé que, subitement, il voulut la remercier, ainsi que son père, pour l'acharnement qu'ils mettaient tous deux à le contredire.

Quand il les quitta pour retourner à l'étage des bouffons, il était tout remonté, comme si ce mariage, dont quelques minutes auparavant il ne voulait à aucun prix, répondait en fait à son vœu le plus cher. Cette nuit-là, il dormit d'une traite et, pour la première fois, rêva longuement de Nathalie. Elle se donnait à lui avec fougue. Et quand ils se séparaient, après avoir assouvi leur appétit de caresses et de serments, il constatait qu'il s'était transformé en un athlète, grand, beau et audacieux, tandis qu'elle était devenue, à côté de lui, toute petite, toute contrefaite. Et il ne l'en aimait que davantage.

VIII

Sa Majesté ayant exigé de régler personnellement les moindres détails de la première rencontre entre Vassia et Nathalie, cette entrevue eut lieu dans le salon attenant au bureau impérial et devant un grand concours de monde. La plupart des hauts dignitaires, les parents des futurs fiancés et tous les bouffons de Cour entouraient la tsarine, qui présidait sur un trône avec l'arrogant et cynique Buhren à son côté. Ce fut d'ailleurs lui qui, promu maître de cérémonie, alla chercher Vassia dans la foule et l'amena par la main vers la jeune fille. Pudique, les yeux baissés, elle se tenait entre son père et sa mère. Sa robe d'un rose printanier accentuait la pâleur mortelle de son visage. A l'approche de Vassia, elle eut un tremblement des épaules, souleva furtivement les paupières et les abaissa aussitôt. Sans doute en avait-elle assez vu pour être horrifiée. Pourtant, en prévision de l'épreuve, il avait revêtu son costume le plus seyant, avec un cafetan de soie rouge à broderies dorées, et s'était frictionné la tête avec une lotion capillaire à l'héliotrope recommandée par Pouzyr. Deux pas le séparaient encore de Nathalie et il lui semblait qu'il n'aurait jamais la force de les franchir. Soudain, il fut devant elle. Mais elle s'était comme absentée d'elle-même. Au lieu de la créature charnelle qui lui était promise, il n'avait sous les yeux qu'une ombre apeurée et muette, le fantôme de Nathalie. Tout le monde, autour d'eux, se taisait. Ce silence n'était pas celui de la sympathie dont bénéficient ordinairement les jeunes couples près de s'unir, mais celui de la consternation, ou, pis encore, celui d'une pitié moqueuse. Devenu le point de mire de cette assemblée de gens normaux, Vassia eut l'impression désagréable qu'il était en train de jouer la plus folle pitrerie de son répertoire. N'allait-on pas l'applaudir pour cette brillante performance de bouffon ? Epouvanté à l'idée des rires et des battements de mains qui risquaient de saluer son nouveau succès comique, il tressaillit en entendant la tsarine dire d'une voix grave en se levant de son trône :

— Eh bien, qu'attends-tu, Vassia, pour échanger avec Nathalie le baiser de la mutuelle promesse ?

Mû par le mystérieux ressort de l'obéissance russe, Vassia s'avança encore jusqu'à respirer le tiède parfum de Nathalie. Comme elle le dépassait de la tête et des épaules, il ne pouvait l'embrasser que si elle s'abaissait à son niveau. Aurait-elle le courage de le faire devant ces courtisans à la curiosité malveillante ? Voyant qu'il demeurait immobile, dévoré de honte, elle se pencha sur lui et, spontanément, effleura son front d'une furtive caresse des lèvres. Il eut un étourdissement de bonheur, tandis qu'elle se redressait au milieu des ovations de la foule. Encore ébloui, il osa lever les yeux sur elle. Nathalie souriait d'un air candide. Elle lui avait fait l'aumône, en bonne chrétienne. Et cependant, Vassia eût donné n'importe quoi pour qu'elle recommençât. Déjà, Sa Majesté reprenait le contrôle des opérations. Se substituant aux parents, elle bénit le jeune couple avec une icône très vénérée de la Sainte Vierge que lui apporta Buhren, et prononça quelques mots

pour souhaiter bonheur et nombreuse descendance aux fiancés. Après quoi, elle invita
Vassia à embrasser, une deuxième fois, celle
qui lui était désormais officiellement promise.

Enhardi par sa première expérience, il décida
d'aider à leur rapprochement en se haussant
vers Nathalie, le cou tendu, la bouche sup-
pliante. Dans cette attitude étirée, il vacillait un
peu sur ses jambes torses. Nathalie se pencha
vers lui pour faciliter le contact. A quoi pensait-
elle pendant ce bref baiser de charité ? A Buhren ou à lui ? Serait-il toujours le demandeur ?
Pouvait-il espérer qu'un jour ce serait elle qui le
supplierait de la prendre dans ses bras ? En se
détachant de Nathalie, il chercha le regard de la
tsarine, unique dispensatrice de ses félicités et
de ses tortures. Anna Ivanovna jubilait, gonflée
de graisse et d'autorité sans frontières. A ses
côtés, Buhren avait l'air, lui aussi, inexplicable-
ment, de savourer une victoire.

Quand le murmure des congratulations se
fut apaisé, Sa Majesté reprit la parole et
annonça les différentes étapes du programme
qu'elle avait conçu pour les fiancés. Comme
il n'y avait aucune raison de retarder l'hymen
de ces enfants « si manifestement faits l'un
pour l'autre », elle avait fixé la date du

mariage au 27 septembre prochain, ce qui leur laisserait deux bonnes semaines pour s'y préparer. La cérémonie religieuse serait célébrée en la cathédrale de la Transfiguration, avec tout le faste souhaitable, mais, ensuite, les nouveaux conjoints devraient se retirer dans un local spécialement aménagé par Sa Majesté pour y passer leur nuit de noces. Rappelant le succès qu'avait remporté jadis auprès du public son idée d'enfermer le vieux Michel Galitzine et la naine kalmouke qu'elle lui avait choisie comme épouse dans un palais taillé dans des blocs de glace, au bord de la Néva, elle avait résolu de s'en inspirer pour fêter l'union de son bouffon Vassia et de son ex-demoiselle d'honneur, Nathalie. Pourtant, disait-elle, il n'était pas question de réitérer point par point cette mise en scène hilarante, dont les deux protagonistes s'étaient d'ailleurs tirés sans dommage, malgré la température polaire qui régnait dans leur nid d'amour.

— Je vais même, pour varier les plaisirs, prendre le contre-pied de cette organisation nuptiale sous le signe du froid, dit la tsarine. Notre fidèle ami vous expliquera mieux que moi comment j'envisage les festivités à venir.

Relayant Sa Majesté, Buhren indiqua brièvement que, après la bénédiction en la cathédrale de la Transfiguration, les jeunes mariés, escortés de tous les bouffons de Cour et de quelques animaux dressés, ours et singes, avec leurs montreurs, seraient conduits vers les nouvelles étuves bâties à leur intention dans l'île Vassili. Arrivés à destination, ils seraient cloîtrés, sous les acclamations de la foule, dans la salle de sudation où un lit aurait été dressé pour les recevoir. Une équipe de chauffeurs serait chargée d'entretenir la température en poussant les feux et en aspergeant le poêle de fonte avec des seaux d'eau pour activer le dégagement de la vapeur. Toute la nuit, les tourtereaux resteraient ainsi, prisonniers d'une touffeur tropicale comme leurs devanciers l'avaient été du froid. Ces quelques heures de transpiration intensive face à face, ruisselants et suffocants, leur apprendraient à se mieux connaître.

— Rien ne prépare plus sûrement aux vapeurs de l'amour que la vapeur des étuves ! commenta Sa Majesté.

Et elle ajouta qu'au petit jour, selon son ordre, des baigneurs professionnels viendraient laver les jeunes mariés à l'eau froide pour les remettre d'aplomb. Une fois récurés, ils seraient à nouveau libres de leurs mouvements.

— Cette façon d'agir, c'est le gage même de la bonne santé ! renchérit Buhren. En tout cas, Sa Majesté estime que la nuit de noces dans les étuves est d'une originalité qui témoigne de son intérêt envers le jeune ménage dont elle a bien voulu guider les premiers pas. Après avoir scellé l'union des uns dans la glace, elle va sceller l'union des autres dans la chaleur. Comment, dans ces conditions, n'applaudirions-nous pas à la fantaisie toujours enjouée de notre tsarine ?

Une rumeur d'admiration et d'amusement salua la péroraison du favori. Même Victor et Galina Seniavski, en tant que parents de Nathalie, paraissaient comblés. Étonné par le programme des réjouissances conçu pour lui en haut lieu, Vassia se moquait bien de savoir s'il ferait froid ou chaud dans la chambre où Nathalie serait livrée à sa convoitise. L'épreuve des étuves l'inquiétait moins que celle qui consisterait, le moment venu, à confronter, dans l'horrible franchise de la nudité, son corps monstrueux à celui, sculptural, de son épouse. Il eût accepté de plonger dans les flammes de la damnation éternelle si cette température de fournaise lui avait permis de serrer une Nathalie consentante contre sa poitrine. Elle aussi, du reste, semblait inconsciente des désagréments d'un tête-à-tête dans la salle de sudation. A tout hasard, Vassia demanda respectueusement :

— Et après, Votre Majesté souhaite-t-elle que je retourne à l'étage des bouffons ?

— Non, trancha la tsarine. Une fois marié, tu n'y serais pas à ta place. Tu iras habiter chez ton père, avec ta femme. D'ailleurs tout est arrangé avec lui ! Plus tard, il vous trouvera un domicile séparé.

De nouveau, Vassia glissa un regard oblique vers Nathalie. Elle n'était pas encore revenue sur terre. A quoi pensait-elle avec cet air d'angélique indifférence ? A son avenir peu reluisant aux côtés de Vassia ? Ou à son passé équivoque avec Buhren ? Mordu par une jalousie à retardement, Vassia songea que son fragile bonheur était menacé avant même qu'il en eût goûté les prémices. Un instant, il se dit qu'il avait été plus heureux comme bouffon célibataire qu'il ne le serait en renonçant à être bouffon pour devenir mari. Mais peut-être serait-il à la fois mari et bouffon ? Peut-être Nathalie lui demanderait-elle de la faire rire plutôt que de lui faire l'amour ? Et, dans ce cas, devrait-il s'en réjouir ou s'en désoler ?

Déjà, l'impératrice congédiait son monde. La séance d'information et de bénédiction étant terminée, chacun devait rentrer chez soi et y attendre sagement la suite de ces événements inouïs. En se séparant de sa fiancée, toujours aussi lointaine et passive, Vassia fut saisi d'une incoercible mélancolie. Le soir, à l'étage des bouffons, ses compagnons lui offrirent un banquet pour enterrer sa vie de garçon. Vassia but beaucoup, écouta Pouzyr le féliciter de sa chance et chanter les louanges de l'incomparable Nathalie. D'autres le plaisantèrent lourdement sur les acrobaties qu'il devrait s'imposer, à cause de sa petite taille, pour satisfaire convenablement les exigences de son épouse. Il rit avec eux, mais il les devinait tellement envieux à travers leurs sarcasmes qu'il était tenté de les plaindre autant qu'il se plaignait lui-même. L'alcool pesait sur son estomac et embrumait son cerveau. En se couchant, il compta avec angoisse les jours qui le séparaient de la date du mariage. Deux semaines de sursis avant l'enfer, ou deux semaines d'espoir avant le paradis ? Pourvu que Sa Majesté, si prompte à se ressaisir, ne changeât pas d'avis entre-temps !

IX

Tout au long de la cérémonie religieuse, Vassia lutta contre l'impression que la liturgie orthodoxe, si lente et si solennelle, n'était pas faite pour les nains. Il n'était plus chez lui parmi ces images saintes et ces cierges allumés ; ce n'était pas son bonheur que chantait la voix caverneuse des choristes. Détail affligeant, la tsarine avait exigé que les garçons d'honneur chargés, selon l'usage, de brandir une couronne symbolique au-dessus de la tête des futurs mariés fussent tous des nains de Cour. Or, si celui qui se tenait derrière Vassia élevait sans effort le diadème traditionnel à la hauteur voulue, celui à qui il appartenait d'en faire autant derrière Nathalie devait étirer le bras droit jusqu'à se démettre l'épaule dans un mouvement d'élongation acrobatique. Le public massé dans l'église s'interdisait de rire, entre deux signes de croix, à la vue de ces contorsions. Le prêtre même avait quelque peine, semblait-il, à garder son sérieux. Néanmoins, ce fut sans le moindre accroc que se déroulèrent l'échange des anneaux, le baiser d'accordailles et la communion des fiancés. Après que Vassia et Nathalie eurent trempé leurs lèvres dans la coupe de vin que leur présentait l'officiant, celui-ci les invita à faire par trois fois, comme le veut le rite, le tour de l'autel, afin de s'habituer à marcher du même pas dans la vie. Le rôle des garçons d'honneur étant de suivre le couple dans cette pieuse promenade sans cesser de porter haut les deux couronnes de gloire conjugale, le supplice du bouffon qui « patronnait » Nathalie l'obligea, tout à coup, à relâcher son effort. Déséquilibré par ce faux mouvement, l'emblème d'orfèvrerie s'appesantit sur la tête de la mariée, ce qui dérangea sa coiffure et son voile de tulle. Cependant, elle eut la présence d'esprit de n'en marquer aucune contrariété. Tandis que l'assistance se taisait, partagée entre un amusement sacrilège et une charitable admiration, le prêtre prononça les paroles sacrées de l'union et le chœur entonna l'hymne des grandes réjouissances.

Cet incident permit à Vassia de mesurer le sang-froid de celle qui était désormais sa femme. Elle ne se départit pas de cette sérénité durant la procession burlesque qui les conduisit, main dans la main, en fanfare, à travers les rues pleines de monde, jusqu'à l'île Vassili. Autour d'eux la foule en liesse riait, hurlait des plaisanteries et multipliait les bénédictions comiques. Les bouffons de l'escorte étaient affublés de masques et exécutaient des cabrioles pour entretenir la gaieté du public. Des saltimbanques s'étaient joints au mouvement avec leurs ours et leurs singes savants. C'était un beau spectacle de carnaval que la tsarine offrait à son peuple pour fêter le mariage d'un de ses meilleurs bouffons. Il n'y avait personne qui ne lui en sût gré, car les occasions de se distraire étaient rares dans la capitale. Pour s'assurer du succès de son entreprise, elle suivait le cortège dans une voiture découverte, tandis que Buhren, monté sur un cheval blanc aux harnais de cuir rouge, caracolait à son côté. A leur passage, les rires se muaient en un murmure de déférence.

Enfin, dans une ruelle de l'île Vassili, l'établissement de bains apparut aux yeux de Vassia. Des soldats en tenue de parade montaient la garde à l'entrée. Un petit orchestre de cuivres joua un air guilleret pendant que Buhren descendait de cheval et ouvrait, avec une clef que lui avait confiée la tsarine, la porte des étuves nuptiales. Précédant les jeunes mariés, il leur fit les honneurs de l'installation. Puis il se retira sur un dernier « Dieu vous bénisse ! ». Dehors, on riait et on applaudissait encore. Après le départ du favori, les issues furent condamnées de l'extérieur et d'autres sentinelles se postèrent aux endroits prévus par l'impératrice. Le silence qui succéda au brouhaha de la foule apprit à Vassia que l'heure était venue pour lui de prouver que son union avec Nathalie était tout autre chose qu'une mascarade.

La pièce où le couple se trouvait relégué pour son premier tête-à-tête amoureux était spacieuse, sans fenêtres et basse de plafond. Un grand lit, à demi enfoncé dans une alcôve, faisait face à un énorme poêle de fonte que des employés alimentaient en bois par une ouverture ménagée de l'autre côté de la cloison. De loin en loin, l'un d'eux se montrait furtivement, vidait un seau d'eau sur les parois de métal brûlant et disparaissait avec une discrétion complice. La vapeur ainsi entretenue était si épaisse que Vassia, aveuglé et la respiration coupée, eut bientôt l'impression de se mouvoir dans une nébuleuse. Nathalie, en revanche, ne paraissait guère incommodée par la touffeur et le manque d'air. On eût dit que cette mise en scène l'intriguait et l'amusait par sa nouveauté. Comme Vassia demeurait immobile et muet, les bras ballants, le regard fuyant, elle prit l'initiative, et, sans qu'il lui eût rien demandé, déboutonna le haut de son corsage. Ce geste mutin le troubla tellement qu'il eut envie de s'agenouiller devant elle pour lui exprimer sa gratitude. Mais, au lieu de continuer son déshabillage, elle changea de tactique et, se rapprochant de lui, se mit en devoir de lui ôter ses vêtements, avec dextérité. Où avait-elle appris la meilleure façon de dénuder un homme ? Surpris par la précision de ses mouvements, Vassia se laissait faire, à la fois navré et ravi, admiratif et jaloux. Ce n'était pas Nathalie mais une inconnue qui lui retirait son cafetan, sa chemise, et s'apprêtait à le débarrasser de sa culotte. Il se demandait si, dans sa naïveté, il n'avait pas épousé une ravissante sorcière, formée à l'école de Buhren et, peut-être, de quelques autres. Elle le fit asseoir au bord du lit et lui retira ses bottes, ce qui, par tradition, incombait, dès le premier jour, à une jeune mariée. Dans la posture qu'elle avait prise pour le déchausser, il entrevoyait, par l'échancrure du corsage, le tendre sillon de ses seins. Tandis qu'une soudaine exaltation s'emparait de lui, elle murmurait, comme pour justifier sa propre impatience :

— Ils ont trop poussé les feux !... On étouffe !... Garder ses vêtements par une telle chaleur, ce n'est plus de la pudeur, c'est un péché !

Quand il fut complètement nu, elle acheva de se dévêtir elle-même, avec une lenteur calculée, ne gardant qu'un léger caleçon fendu, en lin rose, à festons, pour dérober aux regards de Vassia le dernier secret de sa féminité. Puis, telle quelle, penchée devant lui, elle se complut à le scruter de la tête aux pieds, avec une convoitise souriante. Dieu sait qu'il avait l'habitude d'être dévisagé comme une bête curieuse lors de l'exhibition des bouffons à la Cour. Mais, cette fois, il éprouvait le sentiment d'avoir perdu sa signification originelle. Face à cette épouse singulière, il ne représentait pas, pensait-il, le partenaire que doit être un homme normal pour la femme qu'il aime, mais la poupée qu'une fillette se plaît à tripoter parce qu'elle plaint son jouet d'avoir une oreille déchirée ou un pied en moins. De toute évidence, ce qui la séduisait en lui, c'était sa monstruosité. Sans se l'avouer, elle obéissait à une attirance contre nature où il y avait autant de volupté louche que de mansuétude chrétienne. A force de se raisonner, Vassia finit par admettre que la façon dont Nathalie lui témoignait son intérêt en valait bien une autre. L'essentiel n'était-il pas qu'elle l'acceptât, alors qu'il appréhendait un mouvement de répulsion ou, du moins, un dédain frigide ?

En la voyant s'allonger sur le lit et lui ouvrir les bras, il se dit qu'elle était mieux disposée encore qu'il ne l'avait cru à recevoir ses caresses. Craignant de la heurter par sa brusquerie, il voulut contrôler le désir qui le possédait. Mais, quand il ressentit le contact de leurs chairs, collées l'une à l'autre par la chaleur et la moiteur, il perdit la tête et ne pensa plus qu'à prendre son plaisir au plus vite, comme jadis avec des putains. Tandis qu'il s'évertuait maladroitement à la faire jouir et à jouir lui-même, elle l'observait avec une attention narquoise. Il ne doutait plus qu'elle n'eût appris toutes les recettes de l'amour physique avant de se livrer à lui. Et cette idée le grisait tout en le révoltant. Était-il plus flatteur pour un homme d'être le premier à posséder une femme ou d'être préféré par elle à beaucoup d'autres ? En s'acharnant sur ce corps lisse, aux courbes moelleuses, il assouvissait une obscure envie de saccage. Le besoin de se venger de sa laideur en avilissant la beauté. La revanche des avortons sur les gens ingambes, des laissés-pour-compte sur les chanceux. Peu après, retombant, vidé et comblé, à côté de cette créature trop parfaite pour lui appartenir autrement qu'à la faveur d'un malentendu, il lui sut gré du bonheur qu'elle lui avait offert sans en éprouver visiblement la contrepartie. La bouche essoufflée et la peau humide, elle était plus affriolante encore dans son désordre, alors que, ruisselant de honte et de sueur contre son flanc, il se demandait si elle consentirait, dès qu'il aurait repris des forces, à subir un nouvel assaut.

Selon l'usage ancien, la tsarine avait fait disposer, autour du lit conjugal, des gerbes de blé et des tonnelets pleins de froment, afin d'appeler sur les époux toutes les félicités promises par l'Église aux couples vertueux. Malgré lui, Vassia ne savait pas dissocier les grandes idées impériales de ses graveleuses satisfactions personnelles. Il retrouvait Sa Majesté, tapie dans l'ombre, derrière les principales péripéties de son destin. Cela lui donnait l'occasion de constater que, même chez les petites gens, le sens de l'Etat et le goût de la femme étaient complémentaires. Cet encouragement tacite de la souveraine le fouettait presque autant que la vue de la nudité pulpeuse de Nathalie. Blottie contre lui, elle l'observait en souriant comme si elle eût trouvé comique la disproportion entre son sexe de gaillard bien membré et sa taille de nain. Ému par l'excitation muette qu'elle manifestait à son égard, il revint à elle et fut infatigable.

Comme il s'y attendait, au terme de leurs ébats les draps ne portaient aucune trace de défloration, ce qui, dans un ménage ordinaire, eût suffi à provoquer une plainte du mari et l'annulation du mariage par décision des autorités ecclésiastiques. Mais le fait que Nathalie ne fût pas arrivée vierge à la couche nuptiale, loin d'indigner Vassia, le soulageait inconsciemment, comme si cette faute de son épouse l'eût lavé lui-même de ses péchés passés et à venir. Puisqu'elle n'était pas sans tache et qu'il était laid et nabot, ils ne pouvaient rien se reprocher réciproquement. Sans l'avoir voulu, ils étaient quittes. Animé par un brusque regain d'appétit, il la reprit, toute tiède, avant qu'elle l'en priât. Cette vigueur virile chez un nain si défavorisé par son aspect physique la fit rire aux éclats. Ils eurent ainsi plusieurs étreintes, tantôt furieusement passionnelles, tantôt pleines de tendres agaceries. Le sommeil les surprit, transpirants et heureux, alors que des émissaires impériaux, dirigés par Buhren, procédaient à l'ouverture des portes.

Le favori vint s'assurer en personne de l'état où se trouvaient les époux après une nuit d'amour et de sudation. Constatant leur bonne forme à tous deux, il ordonna de les doucher à l'eau froide séance tenante. Vassia fut confié à un baigneur professionnel et Nathalie à une baigneuse pour respecter les règles de la pudeur. Après quoi, Buhren dut les ramener au palais afin que le mari affirmât sous serment à Sa Majesté qu'il avait pu se rendre compte *de visu* de la virginité de son épouse.

Vassia accepta d'emblée d'assumer ce nécessaire mensonge devant la tsarine. Il le fit d'autant plus volontiers qu'une profonde vérité étayait son faux témoignage. N'avait-il pas, en effet, dépucelé Nathalie, puisque, sans avoir été le premier homme à lui faire l'amour, il était très probablement le seul nain à l'avoir possédée ?

X

Sitôt après leur mariage, Vassia et Nathalie furent submergés par un flot d'invitations plus flatteuses les unes que les autres. Les familles les mieux considérées se disputaient le privilège d'exhiber dans leurs salons ce couple hybride, dont il était si tentant de railler la disparité sous le couvert d'une exquise bienveillance. Durant cinq semaines, il sembla que tout Saint-Pétersbourg s'était donné le mot pour fêter ceux qu'on surnommait déjà, derrière leur dos, « la Belle et la Bête », par allusion à un vieux conte français qui s'était répandu par tradition orale jusqu'en Russie. Mais tandis que Nathalie se déclarait enchantée de leur succès à tous deux dans la société aristocratique proche de la tsarine, Vassia souffrait de l'ironie qu'il devinait derrière l'amabilité des manières. Habitant

encore avec sa femme dans le vaste hôtel particulier de Pastoukhov, quai de la Moïka, il
attendait que son père fît libérer pour eux un
appartement qu'il possédait à l'autre bout de
la ville et dont il avait promis d'expulser l'unique locataire, un vieux fonctionnaire à la
retraite incrusté là depuis douze ans. Malheu-
reusement, le bonhomme, qui avait conservé
des appuis dans l'administration, refusait de
quitter les lieux avant d'avoir trouvé un autre
logement à sa convenance, et sa quête domi-
ciliaire menaçait de se prolonger. D'ailleurs,
la perspective d'un déménagement d'un coin
à l'autre de Saint-Pétersbourg, que Vassia
avait d'abord envisagée avec joie, ne le séduisait plus. Il savait trop que ce changement
d'adresse n'entraînerait pour lui aucun changement de vie. Aussi longtemps qu'il réside-
rait dans la capitale, il lui faudrait suivre sa
femme dans des soirées mondaines où l'on se
moquerait en catimini de leur ménage. Or, s'il
avait accepté naguère de servir de cible aux
sarcasmes, tel un acteur avide d'entendre
applaudir ses effets de scène, il supportait de
plus en plus difficilement l'hilarité de l'assistance depuis que sa femme se produisait avec
lui en public. Ce qui était un hommage pour

lui seul devenait un affront pour tous deux.
Il avait envie de fuir la compagnie des gens
normaux, de se soustraire à leur curiosité
dégradante, de s'enterrer avec Nathalie, loin
de tous, dans un refuge où ils se consacre-
raient à un amour que nul ne pouvait comprendre.

A partir de cet instant, il lui apparut claire-
ment que le salut, pour eux, c'était la solitude
de la campagne, c'était Balotovo, où il avait
passé une enfance cachée et paisible : la logique voulait qu'il s'y retirât avec Nathalie pour
préserver leur union contre les clabaudeurs.
D'autant plus que, depuis son mariage, il
avait le statut de « bouffon extérieur », pou-
vant, certes, être réquisitionné à tout moment
par la tsarine, mais libre, le reste du temps,
de vivre comme il l'entendait et où il l'entendait. Il tenta d'intéresser Nathalie à son projet. Mais elle éleva toutes sortes d'objections
à ce qui eût été, selon elle, une « drôle de lune
de miel au village, parmi les bêtes de la ferme
et les moujiks malodorants ». Pastoukhov et
Eudoxie la soutinrent, insistant sur le mauvais
effet que cette fuite ne manquerait pas de
produire dans l'esprit sourcilleux de l'impératrice. Sa Majesté n'allait-elle pas se figurer

que c'était par mépris des avantages qu'elle leur avait consentis lors de la bénédiction nuptiale que Vassia et Nathalie se permettaient de fausser compagnie aux plus illustres familles de Saint-Pétersbourg ? Était-ce en désertant la capitale pour jouer les ermites que le « bouffon extérieur » de Sa Majesté comptait la remercier de l'avoir comblé de bienfaits ?

Ébranlé par les mises en garde de son père et par les réserves de Nathalie, Vassia était sur le point de renoncer à son rêve lorsque, le matin du 23 août 1740, la Russie entière fut secouée par la proclamation, à son de trompes, d'un heureux événement : Anna Léopoldovna, la nièce bien-aimée de Sa Majesté, mariée par elle, l'année précédente, au prince Antoine-Ulrich, avait donné le jour à un fils, aussitôt baptisé Ivan Antonovitch. La venue au monde du petit Ivan était d'autant plus remarquable que la jeune mère avait cédé à contrecœur aux instances de la tsarine et que, vu ses réticences, certains esprits chagrins avaient prophétisé que l'union se révélerait stérile. Pour Pastoukhov et Eudoxie, la naissance de cet héritier inespéré était un encouragement donné par Dieu à Vassia et à

Nathalie, dont les problèmes sentimentaux étaient, toute proportion gardée, la transposition dans l'univers du commun des mortels de la réussite matrimoniale du couple princier. Selon Eudoxie, qui avait l'âme romanesque, il y avait là une invitation miraculeuse, pour le nain et son épouse, à marcher sur les traces d'Anna Léopoldovna et d'Antoine-Ulrich afin de s'assurer un sort aussi lumineux que le leur.

En attendant l'annonce, que rien ne laissait encore prévoir, d'une grossesse chez sa belle-fille, Pastoukhov se contenta d'emmener toute la famille aux messes successives qui, trois jours durant, témoignèrent de la gratitude du pays envers la Providence. Peu importait que ce nouveau descendant de la lignée impériale n'eût guère de sang russe dans les veines. Allemand par son père, de la maison Brunswick-Bevern, et par sa mère, née Mecklembourg-Schwerin, le petit Ivan, encore dans son berceau, n'était rattaché à la dynastie régnante des Romanov que par sa lointaine parente Catherine, fille d'Ivan V, le frère de Pierre le Grand. Puisque la tsarine Anna Ivanovna avait adopté sa nièce, Anna Léopoldovna, et l'avait forcée à se convertir à la religion orthodoxe, cette jeune femme avait droit, selon Pastoukhov, au respect indéfectible de tous les sujets de Sa Majesté. C'était d'ailleurs le raisonnement de Buhren et de certains proches du trône. Vassia ne pouvait que partager l'avis de ces spécialistes de la haute politique. Devant les complications de la carrière des « grands », il appréciait mieux sa chance d'être à l'abri de pareilles tempêtes. Sa passion pour Nathalie abolissait en lui toute ambition hormis celle de lui plaire jusque dans les modestes manifestations de la vie courante. Il y avait entre eux une complicité dont il ne cessait de s'émerveiller en songeant qu'elle était due, peut-être, autant à sa laideur qu'à la beauté de son épouse. Nathalie était aussi impudique et délurée dans l'intimité qu'elle se montrait délicatement réservée devant des étrangers. Il n'avait plus honte ni de sa petite taille, ni de son dos voûté, ni de ses jambes arquées, lorsqu'il la voyait amusée par les hideuses particularités de son corps. Sans jamais oublier les disgrâces de son anatomie, il goûtait le bonheur d'inspirer à une femme autre chose que de la répugnance ou de la pitié. Il s'excitait à la sentir fascinée par ce qu'il considérait jadis comme une difformité calamiteuse de sa personne. Quand il la prenait dans ses bras et la couvrait de baisers, d'abord tendres, puis voraces, ce n'était plus pour la remercier de l'avoir accepté dans son lit, mais avec la bestiale satisfaction de s'acharner sur une victime consentante jusqu'à la jouissance. Il lui avait dit, une nuit, au paroxysme de la gratitude :

— Comment peux-tu te donner à moi qui te mérite si peu ?

Elle lui avait répondu dans un soupir de pâmoison :

— Interroge les femmes, dans une ville qui vient d'être envahie par l'ennemi ; certaines te diront qu'il y a plus de plaisir à être violée que normalement séduite !

— Et je te viole ?

— Juste ce qu'il faut !

— Avec ton consentement ?

— Bien sûr ! Et même à ma demande !

— D'autres que moi t'ont appris ce jeu ! dit-il avec une intonation de regret.

— Pas du tout ! Ces dispositions-là, on les a de naissance. Simplement, elles s'épanouissent mieux dans certaines circonstances favorables.

— Et je suis une de ces circonstances favorables ?

— A toi d'en juger !

— Tu ne m'en laisses même pas le temps ! s'écria-t-il en la reprenant contre son corps avec l'ardeur d'un demi-dieu à qui tout est permis sur une mortelle.

Ainsi, peu à peu, ce qui aurait pu n'être qu'une attirance épidermique devenait, pour tous deux, une sorte de complot intime face aux incompréhensions du monde extérieur. De même que, dans certains couples, la différence des caractères contribue à une harmonie intrinsèque, de même, dans le leur, l'opposition entre la laideur de l'un et la beauté de l'autre assurait la solidité de leur union en dehors du lit conjugal.

Tout à sa félicité égoïste, Vassia était prêt à se désintéresser des rumeurs du pays lorsque, brusquement, les affaires publiques le rattrapèrent. Succédant aux excellentes nouvelles de l'accouchement princier et de la consolidation du pouvoir héréditaire, l'inquiétude renaissait dans la nation. Les gens bien informés parlaient, à mots couverts, d'une subite indisposition de la tsarine. On laissait entendre qu'elle souffrait d'une affection rénale, gravissime à son âge : la maladie de la pierre. Vassia, qui avait conservé des entrées à la Cour, se dépêcha d'aller se renseigner sur place. Ce qu'il apprit, au hasard de ses incursions dans les antichambres, le consterna. Les familiers de la tsarine racontaient qu'elle souffrait le martyre et que Buhren, attentif au délabrement de son état de santé, la suppliait de le nommer régent afin que, après avoir pleuré la disparition de Sa Majesté, il pût diriger le pays jusqu'à la majorité du petit Ivan, le tsarévitch officiel. Devant ce qui ressemblait à une manœuvre de captation, certains craignaient que le favori ne profitât de la situation pour se débarrasser du nouveau-né et pour renforcer à son avantage personnel le clan d'obédience germanique qui cernait le trône. A l'opposé, les boyards de vieille souche s'employaient à plaider la cause d'un pouvoir strictement national et rêvaient de chasser de la Cour tous les Allemands, qui déjà s'y conduisaient en terrain conquis. Tour à tour, les uns et les autres assiégeaient la chambre de la malade et l'adjuraient d'entendre leurs doléances et leurs recommandations. Au début de l'automne, Sa Majesté se déclara excédée par ces querelles à son chevet, et, après avoir pris l'avis de ses médecins, décida qu'une cure de gaieté la guérirait mieux que toutes les mixtures de la pharmacopée. Sur son ordre, Buhren fit appeler quelques bouffons à la rescousse. Vassia ne figurait sur la liste que comme « bouffon extérieur » ; il fut néanmoins appelé le premier.

En pénétrant, sur les pas du favori, dans la chambre à coucher de la tsarine, il reconnut à peine la squelettique vieillarde qui gisait au fond de son lit. De l'opulente Anna Ivanovna, il ne restait que le regard perçant et les plis flasques autour des paupières et de la bouche. Même ses mains, abandonnées au bord de la couverture, étaient celles d'un cadavre. Buhren dut lui signaler la présence de Vassia dans la pièce pour qu'elle redressât la tête. Quand elle parla, sans presque remuer les lèvres, sa voix résonna sourdement comme à travers l'épaisseur d'un linceul :

— Tu vois où j'en suis, Vassia ! Une momie ! Toi, au contraire, j'ai l'impression que tu n'as rien perdu de ton entrain. Le mariage te réussit ! Si tu n'as pas grandi, au moins as-tu engraissé ! Seuls les gens heureux engraissent ! J'ai engraissé tout au long de ma vie. Maintenant, je maigris. Mauvais signe !

Quand le corps rétrécit, c'est qu'il se met aux mesures du cercueil qui l'attend ! Entre nous, je suis sûre que ce sont leurs sales drogues qui me ruinent la santé !... Je compte sur toi pour me faire rire aux larmes comme autrefois. Une bonne pinte de gaieté et je me sentirai mieux ! As-tu de nouvelles imitations, des histoires cocasses à me proposer ?

Pris au dépourvu, Vassia cherchait fiévreusement dans sa mémoire de quoi dérider la grabataire. Mais son cerveau se vidait à mesure qu'il s'efforçait d'en extraire une idée comique. Voyant qu'il pataugeait, la tsarine insista :

— Raconte-moi n'importe quoi ! Je peux tout entendre, pourvu que ce soit vraiment drôle ! Tiens, parle-moi de ta nuit de noces dans les étuves ! J'en ai eu quelques échos ! Mais je suis persuadée que tu as là-dessus des détails croustillants ! Eh bien, n'hésite pas ! Dis-moi tout !

— Que Votre Majesté me pardonne, balbutia Vassia, ce fut une nuit de noces comme toutes les autres, avec beaucoup de pudeur chez la mariée et... et un peu d'audace et de maladresse de ma part...

— Elle t'a laissé faire ? demanda la tsarine, brusquement émoustillée.

— Oui, Votre Majesté.

— Jusqu'au bout...

— Oui...

— Sans réagir ou en y mettant du sien ?

Au moment où elle posait cette question, elle reporta son regard de Vassia à Buhren avec une malice vindicative. Vassia eut le sentiment qu'une fois de plus il était l'enjeu d'un règlement de compte entre la tsarine et son ancien favori. Elle n'en finirait donc jamais avec les rabâchages de sa jalousie ? Mais aujourd'hui, la partie se déroulait entre une mourante revendicatrice et un survivant qui se savait déjà victorieux. Comme si elle eût voulu tout ensemble blesser Buhren et se blesser elle-même à travers Vassia, elle insista :

— Que t'a-t-elle dit pendant que tu lui faisais l'amour, Vassia ? Ça m'intéresse ! Ou plutôt ça *nous* intéresse, mon grand ami et moi ! Comment t'appelait-elle quand elle perdait la tête ? « Mon chéri », « Mon nabot adoré » ?...

Bouillant de honte et de colère impuissante, Vassia ne sut que marmonner :

— Elle m'appelait Vassia...

— Ce n'est pas très original !

— Ni elle ni moi n'avions envie d'être originaux à cet instant-là !

— Et maintenant ? dit la tsarine avec effort. J'ai bien envie de faire venir ta Nathalie au palais... Rien qu'à vous voir l'un devant l'autre, elle si bien tournée et toi si rabougri, ça me mettrait le cœur en fête !... Va la chercher, Buhren !... Amène-la-moi, qu'on s'amuse un peu tous les quatre !

Elle rit nerveusement en se calant contre les oreillers. Puis, soudain elle fut saisie d'un étouffement qui s'acheva dans un râle. Les yeux révulsés, la bouche béante, elle essayait de reprendre sa respiration, tandis que ses mains se crispaient sur le drap.

Buhren se dépêcha de mettre Vassia à la porte et appela le médecin, qui attendait dans l'antichambre.

En quittant le palais, Vassia se sentit à la fois soulagé de n'avoir plus à répondre à l'interrogatoire humiliant de la tsarine et inquiet de la subite aggravation de son état. Nathalie partagea ses alarmes. Ils en oublièrent de faire l'amour trois nuits de suite.

Peu après, les nouvelles furent plus rassurantes. On parla même d'un rétablissement dû aux prières de tout le peuple russe menacé de devenir « orphelin ». Ceux qui se réjouissaient de ce retour de vaillance chez Sa Majesté indiquaient cependant que Buhren en avait profité pour obtenir qu'elle signât une proclamation le désignant comme régent dès l'ouverture de la succession. Hélas ! l'embellie fut de courte durée. Bientôt, on chuchota que la tsarine, épuisée, ne reconnaissait plus les gens de son entourage. Puis Vassia fut informé par Pouzyr, avec qui il était resté en relations amicales, que Sa Majesté avait sombré dans l'inconscience.

Le 28 octobre 1740, toutes les cloches de Saint-Pétersbourg sonnèrent le glas pour annoncer la montée au ciel de la très pieuse et très vénérée tsarine Anna Ivanovna. Vassia et Nathalie assistèrent à l'office funèbre et à l'inhumation dans la crypte impériale de la cathédrale Saint-Pierre-et-Saint-Paul, au cœur de la citadelle. En rentrant chez eux après ces heures de deuil, ils discutèrent en famille des conséquences, encore imprévisibles, du changement de règne.

Comme il était à craindre, Buhren ne tarda pas à démasquer ses véritables intentions.

Gardant la tête froide au milieu du désarroi
général, il commença par installer au palais
Anna Léopoldovna, son mari Antoine-Ulrich
et leur bébé Ivan, mais, selon quelques habitués de la Cour, il se préparait déjà à les évin-
cer, d'une façon ou d'une autre, pour
s'emparer du pouvoir. Or, entre-temps, Anna
Léopoldovna avait été avertie de cette
manœuvre par le général von Münnich,
ancien conseiller et amant de Catherine Ire.
Celui-ci la pressait de déjouer la machination
de Buhren en le faisant arrêter séance tenante.
Mi-effrayée, mi-séduite par ce projet de coup
d'État, Anna Léopoldovna se résigna à lui
laisser l'initiative des opérations. Dans la nuit
du 8 au 9 novembre 1740, des hommes d'armes à la solde du général von Münnich firent
irruption dans la chambre à coucher de Buhren, le tirèrent hors de son lit et le transportè-
rent secrètement dans la sinistre forteresse de
Schlüsselburg, sur le lac Ladoga. La condamnation de Buhren à l'exil en Sibérie coïncida
avec la reconnaissance officielle d'Anna Léopoldovna comme régente, jusqu'à la majorité
de son fils.

Tous ces événements, Vassia et Nathalie
les apprirent en vrac, lorsque les derniers sou-

167

bresauts des rebelles ne furent plus à craindre. La rapidité de ce bouleversement à la tête
du pays les inquiétait, bien que nul n'osât s'en
plaindre. En tant que « bouffon extérieur »,
Vassia se demandait quels seraient les sentiments de la régente Anna Léopoldovna à
l'égard des pitres de la Cour en général et de
lui-même en particulier. Son emploi, bien
qu'insuffisamment défini, lui assurait la pro-
tection des autorités et une rémunération qui
n'était pas négligeable. Allait-il devoir s'en
passer ? On ne savait presque rien de la nouvelle venue. Même Pastoukhov se disait
alarmé par la répercussion de ces intrigues sur
les assises du trône. Une seule chose était
sûre : au règne de Buhren derrière Anna Ivanovna succédait celui de Münnich derrière
Anna Léopoldovna. Une femme chassait l'autre au sommet de l'empire et un Allemand
chassait l'autre dans son ombre. Mais la Russie avait l'habitude d'être gouvernée par un
despote en jupons flanqué d'un conseiller
d'origine germanique. Le pays ne s'en portait
pas plus mal. Le matriarcat étant devenu une
spécialité nationale, aucun homme ne songeait à le déplorer.

Pour fêter son avènement comme régente

et comme mère du seul héritier de la couronne, Anna Léopoldovna avait ordonné une distribution gratuite d'alcool aux militaires dans les différents débits de boissons. Toute la capitale en profita pour noyer ses doutes politiques dans la vodka. Afin de n'être pas en reste, Pastoukhov et Eudoxie convièrent Victor et Galina Seniavski à un banquet familial. Bien entendu Nathalie et Vassia, qui habitaient encore la maison en attendant un hypothétique changement de domicile, furent de la fête. On se régala et on but jusqu'à deux heures du matin. En se mettant au lit avec sa femme au terme de ces libations, Vassia avait la tête si lourde qu'il s'endormit d'une masse sans l'avoir touchée. Elle le réveilla au milieu de la nuit. Il crut d'abord qu'elle était en manque de caresses et craignit d'être incapable, dans son état, de la satisfaire. Mais elle paraissait moins impatiente que soucieuse. Elle finit par lui dire, sur un ton de confidentielle gravité :

— J'ai réfléchi, Vassia. Il me semble que la mort d'Anna Ivanovna va amener beaucoup de changements.

— Dans le pays, oui, peut-être, répliqua Vassia en étouffant un bâillement.

— Non, dans notre ménage, dit-elle.

— Pourquoi ?

— Je ne sais pas... Une impression... Une prémonition... C'est d'ailleurs aussi ce que pensent mes parents...

Vassia avait tellement sommeil qu'il se rendormit sans chercher à comprendre ce qui tourmentait sa femme. Pourtant, le lendemain, au réveil, le souvenir de l'étrange réflexion de Nathalie lui revint en mémoire et il lui demanda de préciser son idée. Mais elle se retrancha derrière une souriante indifférence et se borna à murmurer :

— Ce n'est rien, Vassia... Oublie ! Moi-même, je n'y pense déjà plus !...

Cette recommandation le laissa perplexe et il fallut tout l'entrain amoureux de son épouse pour qu'il retrouvât un semblant d'insouciance dans la journée. Ce qui finit de l'apaiser, ce fut la vue, à travers les vitres, de la première neige tombant sur la ville embrumée. Tout était calme, habituel, quotidien. Et pourtant, tout était renouvelé, purifié par cette blancheur venue du ciel. Il espéra qu'il en irait de même dans sa vie. Qu'avait-il encore à se tracasser ? Ce soir-là, s'étant rendu au palais, il avait pu interroger quel-

ques « anciens » de l'étage des bouffons.
Tous, même le sage Pouzyr, lui avaient
affirmé que, la régente Anna Léopoldovna
ayant la tête solide et le cœur sur la main, il
n'avait pas à redouter qu'elle fût moins bien
disposée à son égard que feu la tsarine Anna
Ivanovna.

XI

Durant l'année qui suivit la mort de la tsarine Anna Ivanovna et la prise de pouvoir par
la régente Anna Léopoldovna, Vassia put
croire que la folie était descendue de l'étage
des bouffons dans les salons du palais. Les
événements qui se déroulaient autour du
trône étaient si extravagants qu'il était difficile
de ne pas y déceler le désir d'offrir au pays
un spectacle à la fois inquiétant et grotesque.
Chaque jour était marqué par quelque péri-
pétie imprévue. Dans les milieux bien informés, on glosait sur l'arrivée inopinée à Saint-
Pétersbourg du comte de Lynar, l'amant attitré de la régente, sur la jalousie maladive de
son époux, sur l'idée diabolique qu'elle avait
eue de jeter son bien-aimé dans les bras de
son ancienne « confidente », Julie Mengden,
sur la distribution de terres et de titres au

général von Münnich, qui faisait de lui le second personnage de l'empire après Antoine-Ulrich, mari trompé et père du tsar enfant, sur les manœuvres à peine dissimulées de l'ambassadeur de France, le marquis de La Chétardie, et sur celles du médecin hanovrien d'origine française Armand Lestocq, pour soutenir la cause de l'éternelle prétendante à la couronne, Élisabeth Petrovna, laquelle avait l'avantage insigne d'être la fille authentique de Pierre le Grand. Sous cette avalanche de coups de théâtre, le peuple retenait son souffle et attendait l'épilogue avec philosophie. Enfin, le 25 novembre 1741, un groupe de grenadiers de la garde, réunis à l'instigation des fidèles d'Élisabeth Petrovna, pénétra de nuit dans les appartements de la régente. Élisabeth Petnovna veilla elle-même à l'arrestation d'Anna Léopoldovna et d'Antoine-Ulrich, ainsi qu'à l'enlèvement du tsar enfant, qui fut immédiatement conduit « dans un endroit sûr ». Dès le lendemain, cette vigoureuse reprise en main était saluée, par un Te Deum dans toutes les églises, par le serment solennel de la troupe à la « petite mère » qui venait de « sauver la monarchie », par la condamnation à mort ou à la déportation des partisans de l'ex-régente, et par la récompense des principaux auteurs du complot, avec en tête Alexis Razoumovski, ancien chantre dans le chœur de la chapelle du palais, devenu entre-temps l'amant et le conseiller de la victorieuse Élisabeth Petrovna.

Avant même d'avoir débrouillé l'écheveau de cette machination, Vassia fut confronté au fait qu'une nouvelle tsarine dirigeait à présent la Russie avec à sa dévotion des hommes résolus dont on pouvait redouter le pire. Nathalie, toujours encline à l'optimisme, se réjouissait au contraire du triomphe d'une souveraine qui, elle au moins, descendait tout droit de Pierre le Grand. Habitant encore avec Vassia quai de la Moïka, dans la maison de Pastoukhov, elle espérait surtout que le changement de gouvernement inciterait les agents de l'administration à expulser enfin le locataire de l'appartement qu'elle convoitait de longue date. Superstitieuse et exaltée sous des dehors de grande sagesse, elle prétendait avoir lu dans le ciel des signes mystérieux qui annonçaient une ère de bonheur pour la Russie, et, par ricochet, pour son mari et pour elle-même. Ses parents partageaient son point de vue, et Victor Serguéievitch Seniavski rap-

175

pelait volontiers que, ayant eu jadis les meilleurs rapports avec l'actuelle tsarine, il avait tout motif de compter sur sa bienveillance, voire sur sa générosité. Pastoukhov, lui aussi, estimait qu'Élisabeth Petrovna devait lui savoir gré de sa neutralité au moment où les affidés de la régente avaient tenté de barrer la route à celle qui, en raison de sa filiation avec le « tsar des tsars », menaçait de la supplanter dans la confiance populaire.

Comme d'habitude, Vassia rendit visite à ses amis à l'étage des bouffons pour savoir à quoi s'en tenir au milieu de la confusion générale. Et, comme d'habitude, ce fut le vieux Pouzyr qui le renseigna. Quelques semaines passées en allées et venues dans les couloirs du palais et en bavardages avec les serviteurs de Sa Majesté lui avaient permis de se forger une idée exacte des qualités et des défauts de celle qui, à trente-deux ans, héritait d'un des plus vastes empires du monde. Assis avec Vassia dans la salle commune devant un grand verre de thé, Pouzyr distillait des impressions d'antichambre et des réflexions personnelles sur le ton de la plus stricte confidence. La tsarine ? Il n'avait guère eu l'occasion de l'approcher. Pas une fois, depuis son installation au palais, elle n'avait fait appel à lui, ni à aucun autre bouffon pour la divertir. Et cependant, les informations qu'il avait pu glaner sur elle ne laissaient aucun doute sur les traits saillants de son caractère. D'après lui, Élisabeth Petrovna était très énergique sous des airs évaporés et changeants. Sans renoncer aux plaisirs nocturnes que lui dispensait régulièrement l'étalon Razoumovski, elle retrouvait toute sa tête pour louvoyer en politique entre les amis de la France et ceux de l'Allemagne, qui la tiraient à hue et à dia. En vérité, elle était surtout, disait Pouzyr, impatiente d'être officiellement couronnée à Moscou, afin de couper court aux espoirs de ceux qui, dans la pénombre, rêvaient de replacer sur le trône le tsar enfant, Ivan VI, qui, pour l'instant, était relégué, avec ses parents à Riga. Bien qu'elle évitât d'en parler à ses interlocuteurs habituels, elle était préoccupée par les problèmes de sa succession. N'était-il pas à craindre que, après sa disparition, la couronne de Russie revînt à ce rejeton malencontreux qu'elle avait eu la faiblesse de laisser en vie au moment du coup d'État ? Pour se prémunir contre une telle éventualité, elle s'était mis en tête, à en croire Pouzyr, de nommer comme héritier son neveu Charles Pierre Ulrich de Holstein-Gottorp, orphelin de père et de mère, élevé à l'allemande par son oncle, l'évêque de Lübeck, et résidant provisoirement à Kiel. Elle l'avait même fait quérir dans sa retraite et, au désespoir des francophiles de la Cour, ce pur produit de la culture germanique, âgé de quatorze ans à peine, venait de faire son apparition au palais. En apercevant pour la première fois le « tsarévitch désigné », les familiers d'Élisabeth avaient été consternés par la laideur, la balourdise et l'outrecuidance de l'adolescent. Quant à Élisabeth, malgré la réprobation unanime, elle avait redoublé de gentillesse envers lui, sans doute en souvenir de sa sœur Anna qui était morte en le mettant au monde. Pour mieux associer ce neveu « tombé du ciel », selon son expression, aux principaux événements de son règne, elle avait voulu qu'il assistât aux fastes de son couronnement, à Moscou. Toute la Cour se préparait à quitter Saint-Pétersbourg pour se transporter, en grand arroi, dans l'ancienne capitale des tsars. Le sacre, en la cathédrale de l'Assomption, était prévu pour la fin du mois d'avril 1742, mais, dès la fin de mars, une longue procession de carrosses, de dormeuses [1] et de chariots portant bagages et serviteurs s'engageait sur les routes détrempées par le dégel.

— Et toi, seras-tu du voyage ? demanda Vassia au doyen des amuseurs.

— Non. Ni moi ni aucun des bouffons ! répondit Pouzyr avec un soupir de regret. J'imagine que, si Sa Majesté voulait rire des irrégularités de la nature, la vue de son neveu lui suffirait !

— Ce serait donc, d'après toi, la fin des bouffons de Cour ?

— Je ne vais pas jusque-là ! Simplement, je suppose qu'on nous mettra au rancart, à notre étage, pendant quelques mois. En attendant que la bonne vieille drôlerie russe revienne à la mode !

— Et qu'allez-vous faire entre-temps ?

— Nous ronger les ongles ou nous arracher les poils du nez ! Mais je suis persuadé que Sa Majesté ne tardera pas à nous rappeler auprès d'elle pour égayer ses journées ! Peut-être même te demandera-t-elle, à toi aussi, Vassia, de reprendre du service !

1. Carrosse fermé à quatre roues, dans lequel il était possible de s'étendre pour dormir.

Cette perspective, qui eût réjoui Vassia avant d'avoir épousé Nathalie, lui parut soudain si déraisonnable qu'il protesta :

— Ce n'est pas possible, Pouzyr ! Tu oublies que je suis marié !

— Et alors ? Bien sûr, tu as une femme et il se trouve que, par malheur, elle n'a pas le « genre bouffon » !...

— Le lui reprocherais-tu ?

— Nullement ! Ce que je veux dire, c'est que ton mariage, dont tu te montres si fier, est sans doute parfait pour ta vie d'homme, mais fâcheux pour ta vie d'amuseur !

Vassia jeta à Pouzyr un vif regard d'indignation, comme pour lui signifier qu'il n'appréciait guère ce genre de paradoxe. Or, visiblement, son interlocuteur ne plaisantait pas. C'était même d'un air de componction méditative qu'il lapait son thé à petites gorgées, attentif à ne pas se brûler la langue. Connaissant la réputation de bon sens de Pouzyr, Vassia préféra ne pas répondre et parler d'autre chose.

Il était tellement troublé qu'en rentrant à la maison il ne fit aucune allusion devant Nathalie aux propos de Pouzyr. Mais on eût dit que la famille avait entendu les échos de la conversation qu'il avait eue avec son ancien confrère. De sa femme à son père et à Eudoxie, toutes les personnes présentes n'étaient préoccupées que de l'humeur de Sa Majesté à la veille des cérémonies grandioses du Kremlin. Commentant le prochain couronnement de l'impératrice et l'exode des hauts dignitaires de Saint-Pétersbourg vers Moscou, Pastoukhov déplorait que son fils n'eût pas été invité, comme « bouffon extérieur » de bonne renommée, aux réjouissances prévues pour les proches du trône. Eudoxie, en revanche, estimait qu'il y avait là, de la part de la tsarine, une preuve de délicatesse à l'égard d'un de ses sujets que son mariage avec une femme jeune et jolie avait fait passer du monde des saltimbanques à celui du commun des mortels et, en quelque sorte, de l'espèce des nains à celle des individus bâtis selon les canons de l'humanité moyenne. Ce n'était pas pour rien que, logé naguère au palais, à l'étage des bouffons, il habitait maintenant avec son épouse quai de la Moïka, chez son père. Nathalie était également convaincue d'un changement bénéfique dans les intentions d'Élisabeth Petrovna. Connue pour sa largeur d'esprit, Sa Majesté ne pouvait être

181

que favorablement disposée envers un nouveau ménage si intéressant jusque dans sa dissemblance physique.

Comme par hasard, les Seniavski dînaient, ce même soir, avec le jeune couple, à la table des Pastoukhov. Excellente occasion de relancer le débat sur un thème qui les intéressait tous à des titres divers. Victor Seniavski et sa femme Galina suivaient de très près, eux aussi, la vie mouvementée de la Cour et regrettaient de n'être invités que de loin en loin, et comme par raccroc, aux réceptions officielles. Mais sur un point ils ne partageaient pas la naïve euphorie de leurs hôtes. Contrairement à ceux-ci, ils craignaient que le mariage de leur fille avec Vassia, décidé naguère par Anna Ivanovna, ne fût pas du goût de l'actuelle impératrice. Selon Victor Seniavski, qui avait eu l'occasion d'approcher Élisabeth Petrovna alors qu'elle n'était encore qu'une *tsarevna* apparemment résignée à filer doux devant la régente, le tempérament de Sa Majesté était si rancunier qu'il risquait de la conduire à tourmenter par plaisir les protégés de son ancienne rivale. Bref, ayant été voulue par Anna Ivanovna, l'union de Vassia et de Nathalie ne pouvait que déplaire à Élisabeth Petrovna. L'évocation de cette bataille de deux autocrates, l'une vivante et l'autre morte, au-dessus de sa misérable tête de nain révoltait Vassia, et pourtant il devait convenir qu'il lui était impossible d'y échapper. Remarquant son air contrit, Nathalie chercha à le raisonner :

— Laisse donc, Vassia... Tout cela ne nous concerne pas... Moins nous nous occuperons de ce qui se trame au palais et plus nous serons heureux chez nous !

Cette résignation souriante provoqua chez Victor Seniavski un petit sursaut de colère paternelle :

— Tu parles comme une enfant, Nathalie ! Il n'est pas possible, à notre époque et dans notre pays, de vivre à la manière des oiseaux sur la branche. D'ailleurs, même le nid des oiseaux n'est pas à l'abri des orages ! Il y a un dieu au-dessus de nous et, assise à la droite de Dieu, il y a notre tsarine !

— Elle n'y est pas assise depuis bien longtemps ! observa Nathalie avec une pointe d'ironie. Avant-hier, c'était une autre qui trônait à sa place !

Cette fois, Pastoukhov crut le moment venu de mettre son grain de sel dans la discussion. Il aimait les professions de foi, les phrases ronflantes, les attitudes théâtrales. Gonflant la voix, il décréta, avec une autorité prophétique :

— Sache bien, ma petite Nathalie, que si les visages changent les fonctions demeurent. Ce qui est immortel, ce n'est pas un tsar ou une tsarine, c'est l'idéal qu'ils incarnent, c'est la Russie. N'oublie jamais de compter les échelons qui te séparent du sommet. L'observation de cette distance te donnera la clef de la sagesse, et par conséquent du bonheur. N'ai-je pas raison, Victor Seniavski ?

Victor Seniavski se hâta d'applaudir. Galina et Eudoxie firent de même. En constatant cette alliance dans la sagesse et la tradition des gens d'âge mûr face à leurs enfants inexpérimentés, Vassia regretta presque la connivence chronologique qui unissait toute une génération contre les singularités de la génération suivante. Subitement, il avait hâte de voir partir les Seniavski, de dire bonne nuit à son père, à Eudoxie, et de se retrouver tête à tête avec Nathalie pour renouer une conversation dont elle seule, aujourd'hui, pouvait mesurer l'importance. Mais, réfugié avec sa femme dans leur chambre, il devina qu'aucune parole ne le délivrerait définitivement de son angoisse. Nathalie l'avait compris avant lui. Au lieu de perdre son temps à discuter, elle le saisit par la main et l'attira doucement vers le lit. Il lui obéit avec une docilité reconnaissante. Une fois de plus, l'union des corps précéda pour eux l'union des âmes. Plongé dans la béatitude en étreignant Nathalie, Vassia en oubliait tout ce qui n'était pas l'accord de leurs chairs si dissemblables et si nécessaires l'une à l'autre. Cette nuit-là, paradoxalement, la peur du lendemain augmenta son plaisir du moment.

XII

A leur retour de Moscou, ceux qui avaient suivi la tsarine pour assister à son couronnement s'accordaient à reconnaître que la cérémonie religieuse avait dépassé en splendeur le sacre des souverains précédents, et que les fêtes données à cette occasion jusque dans la rue témoignaient de l'amour que la nation russe portait à sa nouvelle impératrice, Élisabeth Ire. Il y avait eu certes un moment de panique lorsque le palais Golovine, où résidait provisoirement Sa Majesté, avait été à moitié détruit par un incendie. Mais, comme on ne déplorait aucune victime et que les travaux de reconstruction avaient commencé aussitôt, les craintes s'étaient rapidement apaisées. Dès le lendemain du sinistre, les bals et les spectacles de toutes sortes avaient repris aux quatre coins de la ville. Élisabeth se plaisait tellement à Moscou qu'elle y prolongeait son séjour au-delà de la date prévue. Ces retards dans le programme agaçaient Pastoukhov qui n'hésitait pas à les critiquer en famille. A l'entendre, la place de Sa Majesté était dans la capitale, où stagnaient des centaines d'affaires urgentes, et non à Moscou, où elle ne songeait qu'à danser et à rire. Les méchantes langues racontaient qu'elle changeait de robe trois fois par jour, ruinait le Trésor en colifichets et prêtait l'oreille à tous les diseurs de compliments. Au vrai, si Pastoukhov attendait si impatiemment le retour de la tsarine, c'était dans l'espoir qu'elle daignerait enfin s'occuper de lui et l'admettre à nouveau parmi les habitués de la Cour, faveur insigne à laquelle il aspirait depuis des années. Il finit même par avouer à Vassia qu'il comptait sur lui et sur Nathalie pour éveiller la curiosité, et si possible la sympathie, de Sa Majesté à son égard.

— Tu comprends, lui dit-il en confidence, d'après ce que j'entends de tous côtés, elle aime la gaieté, les jeux, la jeunesse. Vous êtes donc bien placés, toi et Nathalie, pour qu'elle jette un regard aimable sur vous deux, et par conséquent sur moi !

— Mais, il y a quelques jours, tu prétendais que Nathalie et moi serions mal vus de l'impératrice Élisabeth Petrovna parce que nous avions été trop bien vus de l'impératrice Anna Ivanovna, et même de la régente Anna Léopoldovna, objecta Vassia.

— Ç'aurait pu être vrai, mais ça ne l'est pas ! Les choses ont changé. Il apparaît maintenant que la tsarine a des entraînements sentimentaux et physiques imprévisibles. La preuve ? Après s'être entichée des Français, elle s'en méfie, et après s'être méfiée des Allemands, elle se rapproche d'eux. Donc, son esprit comme son cœur sont à prendre... Tu as ta chance... *Nous* avons *notre* chance !...

Ces prophéties alambiquées laissèrent Vassia aussi indifférent que s'il avait écouté le crépitement d'une crécelle. Il se désintéressa des variations de l'humeur impériale jusqu'au jour où il apprit que Sa Majesté venait de rentrer à Saint-Pétersbourg et que le palais, longtemps vide et silencieux, se remettait à bourdonner des rumeurs de la Cour et à briller de toutes les lumières de ses candélabres.

Ce fut trois semaines après le retour d'Élisabeth Iʳᵉ dans la capitale que Vassia reçut un matin, au domicile de son père, quai de la Moïka, où il résidait encore avec Nathalie faute d'avoir trouvé à se loger convenablement ailleurs, un billet laconique lui enjoignant de se présenter le jour même, dès quatre heures de l'après-midi, avec son épouse, à une audience particulière de Sa Majesté. Tandis que Pastoukhov et Eudoxie exultaient à l'idée de cette entrevue et que Nathalie, sans partager leur fièvre, se préoccupait, par pure coquetterie, du choix de sa robe et de l'arrangement de sa coiffure, Vassia attendait, dans une angoisse prémonitoire, l'instant où il affronterait le choc de la fatalité. Dans sa hâte d'être fixé sur leur sort à tous deux, il supplia Nathalie de hâter ses préparatifs, si bien qu'ils arrivèrent au palais vingt minutes avant l'heure prévue pour le rendez-vous. Obligé de se morfondre dans l'antichambre du bureau impérial, Vassia, à bout de nerfs, enviait sa femme qui n'avait pas l'air de trouver le temps long. Ils étaient d'ailleurs les seuls à patienter dans le vaste salon d'entrée, généralement plein de quémandeurs. Cette particularité finit par éveiller l'attention

190

de Nathalie. Penchée vers son mari, elle lui chuchota à l'oreille qu'il y avait là une preuve supplémentaire de l'intérêt des autorités à leur égard.

— C'est bon signe ! dit-elle.

Il n'eut pas le loisir de répondre. Déjà, un chambellan s'inclinait devant eux et les invitait à le suivre. En pénétrant dans le bureau, Vassia fut saisi d'un froid religieux. Comme s'il eût franchi le seuil d'une église. Il n'avait jamais vu la nouvelle tsarine autrement que sur les gravures qui s'étaient répandues en ville depuis le couronnement. En la découvrant, assise derrière sa table de travail, le corsage de soie amarante à broderies d'or et d'argent largement ouvert sur une poitrine à la blancheur laiteuse, le visage bouffi et rose, la bouche en cerise, le regard direct, mais plus gourmand que dominateur, il reprit bizarrement confiance. Peu perspicace d'habitude, il décelait soudain une femme en chair et en os derrière la souveraine réputée inabordable. Il la comparait à Anna Ivanovna, qui l'avait précédée sur le trône. Dans une illumination furtive, il lui sembla que les deux tsarines, si différentes d'aspect, avaient en commun une divine aberration devant l'étendue de leur pouvoir, un appétit d'ogresse pour les plaisirs terrestres, de l'invention à revendre dans la cruauté et une totale absence de compassion envers les malheurs d'autrui. Et pourtant, Élisabeth Petrovna paraissait plus humaine, plus gaie, plus raffinée, « plus française » que la superbe et rustaude Anna Ivanovna et même qu'Anna Léopoldovna, la régente, récemment chassée du palais avec son mari et son fils en bas âge.

Ayant fait asseoir Vassia et Nathalie, Élisabeth Petrovna commença par les observer en silence. Au bout d'un moment, Vassia nota qu'elle était plus intéressée par son épouse que par lui-même et se rappela les ragots qui couraient sur les relations équivoques de l'impératrice avec sa grande amie d'autrefois, Julie Mengden. Mais déjà, émergeant de sa contemplation muette, Sa Majesté élevait la voix. Contrairement à Anna Ivanovna, elle parlait russe sans le moindre accent, ce dont Vassia lui sut gré, inconsciemment. Celle-là était vraiment née sur la terre de ses ancêtres ! Un bon point ! Les intonations de la souveraine étaient suaves et tranquilles. D'ailleurs, c'était à Nathalie qu'elle s'adressait :

— Tu ne manques pas de charme, Nathalie Seniavskaïa, lui dit-elle en l'interpellant, volontairement sans doute, par son nom de jeune fille. Je sais que tu as fait tourner bien des têtes avant de rencontrer Vassia !

Visiblement émue par ce compliment, Nathalie, rosissante et les paupières basses, eut pourtant assez de présence d'esprit pour répondre :

— S'il en est ainsi, je ne m'en suis jamais rendu compte !

A ces mots, le visage de la tsarine se figea dans une expression sévère et, changeant de ton, elle demanda sèchement :

— Pourquoi l'as-tu épousé ?

— Parce que... parce que nous nous aimons ! balbutia Nathalie.

— N'est-ce pas plutôt parce que feu l'impératrice Anna Ivanovna a décidé la chose pour son amusement personnel ?

— Je crois, en effet, qu'elle était très favorable à notre union...

— Au point d'organiser pour vous une nuit de noces aux étuves ! siffla l'impératrice avec une moue de dégoût.

— C'était une plaisanterie ! protesta Nathalie avec autant d'empressement que si cette farce eût été de son cru.

193

Mais l'impératrice insistait, durcissant le regard :

— Et le fait de t'avoir choisi un mari aussi contrefait, c'était aussi une plaisanterie ? Cesse donc de la défendre stupidement ! A-t-elle beaucoup ri le jour de ce mariage grotesque ?

— Oui, Votre Majesté, elle a ri, probablement... mais sans malice !

— Et toi, as-tu ri, toi aussi, sans malice, le soir de tes noces ?

Plus inquiet de l'humiliation que devait éprouver sa femme que de sa propre révolte devant les insinuations injurieuses de la tsarine, Vassia jeta un coup d'œil suppliant à Nathalie. N'allait-elle pas fondre en larmes ou éclater de colère ? Mais non, elle continuait à respirer calmement, le front bas, les épaules fléchies, comme insensible à la méchanceté de sa tortionnaire. Elle finit par répondre dans un soupir :

— Que Votre Majesté excuse ma franchise, mais ce que j'ai pensé le soir de mes noces n'a aucune importance... Je me suis contentée, et je me contente encore, de ce qui m'a été donné par Dieu... ou... ou... par la tsarine...

— Même si c'est un avorton que Dieu ou la tsarine ont mis dans ton lit ?

— Vassia et moi avons été unis par les sacrements de l'Église. Notre couple est béni... Rien d'autre ne compte...

Nathalie avait l'air à la fois si candide et si inspiré que Vassia se demanda à quoi elle pensait en proclamant ainsi son attachement à un époux disgracié, dont aucune autre femme n'eût sans doute supporté les caresses. A quel moment était-elle sincère ? Quand elle prenait cette figure de sainte détachée des plaisirs terrestres, ou quand elle gémissait de volupté dans ses bras ? Mais peut-être était-ce cette double vocation qui la satisfaisait dans son mariage avec un nain ? Se sacrifier par charité chrétienne, tout en jouissant d'un bonheur païen. Railler et mépriser celui dont on acceptera tout à l'heure le désir. En scrutant à la dérobée le beau visage de Nathalie, il la trouvait soudain plus mystérieuse, plus inquiétante que l'impératrice. Il croyait tout savoir d'elle parce qu'ils faisaient l'amour ensemble. Or il ne la connaissait pas mieux, malgré leur intimité nocturne, qu'il ne connaissait la tsarine dont il interrogeait les traits, à l'instant, avec l'espoir d'en déchiffrer le secret. D'ailleurs, la tournure familière de la conversation excluait toute possibilité pour lui d'y mêler des considérations personnelles. Tout à coup, Élisabeth Petrovna se dressa, contourna son bureau, s'avança vers Nathalie, lui prit les deux mains, et, la regardant fixement dans les yeux, lui parla de très près avec une expression à la fois protectrice et menaçante :

— Ton histoire m'intéresse... Je veux faire quelque chose pour toi...

Surprise par cette brusque manifestation de sympathie, Nathalie éleva une timide réserve :

— Je remercie Votre Majesté... Mais je n'ai besoin de rien... D'ailleurs, c'est trop tard...

— Il n'est jamais trop tard quand la cause est bonne ! dit la tsarine.

Et, apostrophant Vassia, elle ajouta du bout des lèvres :

— N'est-ce pas, Vassia ?

— Certainement ! bredouilla-t-il.

— Puisque tout le monde est d'accord, il faut passer à l'acte ! conclut la tsarine rayonnante. Je vais parler immédiatement à des gens d'Église, qui sont toujours de bon conseil dans ce genre d'affaire. Revenez tous les deux demain, à la même heure. J'y verrai plus clair, à ce moment-là !

Après avoir pris congé de l'impératrice, Nathalie et Vassia retournèrent chez eux dans un état d'extrême perplexité. Pastoukhov, Eudoxie et les parents de Nathalie les attendaient avec une curiosité impatiente. En entendant le récit que Nathalie leur fit de la visite au palais, Victor Seniavski s'écria gaiement :

— Je vois très bien où Sa Majesté veut en venir !

— Tu as de la chance ! dit Galina. Moi, je ne comprends pas !

— C'est pourtant simple ! rétorqua Pastoukhov, qui, de toute évidence, partageait les vues de Victor Seniavski sur le problème : Sa Majesté va essayer de faire annuler le mariage. Le cas est prévu par l'Église ; il suffira de s'y prendre de façon que le patriarche ne s'y oppose pas. Si on sait le convaincre, il n'y aura pas de difficulté. Or, le saint homme n'a rien à refuser à Sa Majesté !

— Mais pourquoi la tsarine ferait-elle cela ? demanda Eudoxie.

— Pour détruire ce que la précédente impératrice avait cru bon de faire ! s'écria

197

Victor Seniavski avec une logique irréfutable. D'ailleurs, si elle réussit, nous y gagnerons tous : notre chère Nathalie parce que, à partir du moment où elle sera divorcée, nous pourrons lui choisir un mari plus en rapport avec sa grâce naturelle et son rang dans la société ; le brave Vassia, parce qu'il aura la possibilité de vivre d'autres aventures mieux adaptées à son physique et à son talent de bouffon ; et nous, les parents, parce que nous serons récompensés par la souveraine pour n'avoir pas fait obstacle à la réalisation de son vœu !

— Oui, oui, conclut Pastoukhov. Tu as raison en principe. Mais j'ai trop vécu pour ne pas me méfier des volte-face d'une tsarine. Sur ce point, Élisabeth Petrovna n'a rien à envier à Anna Ivanovna. Il est très possible que, demain, Sa Majesté ne se souvienne plus de ses intentions d'aujourd'hui et que l'idée du divorce soit abandonnée par elle après beaucoup d'autres du même genre !

— Je l'espère pour nous tous ! murmura Vassia, si timidement que personne ne parut l'entendre.

Seule Nathalie lui fit de la tête un petit signe de connivence. Mais elle ne se permit aucun commentaire sur les réflexions ambiguës des parents. Et, cette nuit-là, elle se refusa à son mari.

Le lendemain, Vassia et Nathalie arrivèrent, comme la veille, avec vingt minutes d'avance au palais impérial. Durant la longue attente qui suivit dans l'antichambre, il eut l'impression que sa femme était moins détendue que la veille. Elle avait choisi pour l'occasion une toilette très sobre, en drap gris à collerette blanche et ne portait pas de bijoux. Elle n'en paraissait que plus jeune et plus désirable. Vassia lui en fit compliment. Elle n'eut pas l'air de l'entendre. Puis, subitement, elle murmura :

— Tu sais, Vassia, la plus belle parure, pour une femme, n'est jamais qu'un trompe-l'œil ! Seule la franchise est récompensée à la longue. Il faut savoir à quel moment il est bon de mentir et à quel moment il est préférable de dire la vérité !

Vassia n'eut pas le temps de lui demander la signification de cet aphorisme. Déjà, le même chambellan qui les avait convoqués naguère s'inclinait devant eux et les invitait à le suivre.

Ils retrouvèrent la tsarine dans le même bureau, avec le même visage de terrible bonté ; mais elle avait les cheveux couronnés d'un diadème et les doigts chargés de bagues. Comme si elle eût pressenti que Nathalie n'aurait pas de bijoux sur elle et qu'elle eût voulu marquer ainsi la vertigineuse différence de leurs situations respectives. Cette fois, il y avait un homme à ses côtés pour assister à l'entretien. Vassia, qui n'avait jamais encore rencontré le personnage, devina qu'il s'agissait de l'ancien chantre de la chapelle impériale, le fameux Alexis Razoumovski, que ses relations intimes avec Sa Majesté avaient fait surnommer « l'empereur nocturne ». Cependant, contrairement à l'amant de la précédente tsarine, Alexis Razoumovski, tout athlétique qu'il fût, semblait condamné au silence. A l'évidence, son rôle consistait à observer les visiteurs de la souveraine et à lui faire part ensuite de ses impressions. Après un long moment de scrutation muette, la tsarine, s'adressant tout ensemble à Vassia et à Nathalie, leur demanda abruptement :

— Eh bien, avez-vous réfléchi à ce que je vous ai dit hier ?

Alors que Vassia, la gorge nouée, cherchait

en vain quelques mots d'excuse, ce fut
Nathalie qui répondit sur le ton d'une humi-
lité déférente :

— Que Votre Majesté se rassure... Nous
sommes tout disposés à obéir aux sages avis
de Votre Majesté...

— A la bonne heure ! dit la tsarine. De
mon côté, j'ai eu la confirmation de ce que
j'espérais : il est possible de demander, excep-
tionnellement, l'annulation de votre mariage
par l'Église. Suivant l'exposé que je lui ai fait
après votre visite, le patriarche s'est déclaré
prêt à examiner l'éventualité d'une dissolu-
tion sous un motif qui reste à déterminer.

A ces mots, prononcés d'une voix suave,
Vassia sentit que le plafond du palais s'écrou-
lait de tout son poids sur ses épaules. Après
des jours et des nuits de bonheur, au cours
desquels il avait pu se figurer qu'il grandissait
en taille et en beauté, il se retrouvait dans la
peau étroite d'un nabot. Enseveli sous les
décombres d'un amour impossible, il regardait tour à tour la tsarine triomphante et
Nathalie, souriante et soumise, pour se convaincre qu'il n'était pas le jouet d'un cauchemar. Or, ni l'une ni l'autre ne semblait
étonnée par l'aboutissement de leur logique

féminine. Comme si elle avait voulu atténuer pour Vassia la rigueur d'une sentence immédiatement exécutoire, l'impératrice poursuivit :

— Une pareille solution témoigne de l'intérêt que je porte à votre couple. Celle qui, jadis, profitant de son autorité discrétionnaire, a souhaité votre union l'a fait par pur caprice. Si je souhaite réparer sa faute, c'est pour vous assurer à chacun la liberté de choix à laquelle vous avez droit et pour mettre fin à une disparité physique qui ne peut être que néfaste dans un mariage chrétien. Quand vous aurez retrouvé votre indépendance, sans enfreindre les lois de l'Église, vous aurez tout loisir de vous remarier avec une personne mieux appareillée à votre nature et à vos goûts. Autrement dit, les choses rentreront dans l'ordre. Et je suis persuadée que vous ne tarderez pas à me savoir gré d'une initiative aussi désintéressée.

La respiration coupée, le cœur en chute libre, Vassia ne pensait plus qu'à fuir ce palais maudit et cette impératrice plus terrible qu'une faucheuse de vies. Incapable de prononcer un mot, il vit avec stupéfaction sa femme s'agenouiller devant la tsarine. Les mains jointes sous le menton, Nathalie était en prière. Soudain, elle parla :

— Nous ne remercierons jamais assez Votre Majesté de son immense sollicitude à notre égard. Mais il y a une circonstance qui s'oppose, en ce moment, au divorce que vous envisagez pour nous...

— Quelle circonstance ? demanda la tsarine avec un haut-le-corps qui fit étinceler toutes les pierres de son diadème.

Sans redresser la tête ni forcer la voix, Nathalie dit du bout des lèvres :

— J'attends un enfant.

Foudroyé sur place, Vassia regarda sa femme, toujours prosternée. N'avait-elle pas perdu la raison ? Était-ce par pudeur ou par superstition qu'elle lui avait caché cette grossesse miraculeuse ? Il divaguait. Le bonheur, l'espoir, la fierté, le doute éclataient, tour à tour, en gerbes de feu, sous son crâne. Ayant pris le temps de dominer sa surprise, la tsarine ordonna à Nathalie de se relever. Puis elle lui demanda posément :

— En es-tu sûre ?

— Oui, Votre Majesté... Autant qu'on peut l'être...

— Depuis combien de temps es-tu enceinte ?

— Deux mois et demi environ, avoua Nathalie.

Elle s'était remise debout et défripait sa robe. En quelques secondes, l'expression de son visage s'était recomposée. C'était elle maintenant qui semblait résolue et la tsarine qui avait l'air indécise. Vassia se trouva de nouveau exclu d'un débat qui n'était pas de la compétence masculine. Dès que l'intérêt ou la santé d'un enfant était en jeu, la suprématie des femmes était inattaquable. Toutes se découvraient plus ou moins complices sous le signe de la maternité. Le fait que l'impératrice Élisabeth n'eût jamais eu d'enfant ne l'empêchait pas, pensait Vassia, d'être obsédée par les mystères de la procréation. Au contraire ! Ce n'était pas pour rien qu'elle s'était crue obligée de faire venir d'Allemagne ce neveu minable pour le désigner comme héritier de la couronne. Au vrai, sa stérilité devait lui inspirer un sentiment d'infériorité larvé, d'obscure jalousie à l'égard d'une future mère telle que Nathalie. Comme si elle eût voulu conforter Vassia dans son opinion, Nathalie reprit avec timidité :

— Je suis désolée de contrarier ainsi les généreux projets de Votre Majesté, mais je n'avais pas le droit de lui laisser ignorer plus longtemps que j'étais, comme on dit, dans une situation intéressante !

— Tu as bien fait de me parler franchement, répliqua l'impératrice. Comment pourrais-je en vouloir à une femme qui m'annonce sa maternité ? Je souhaite bonne chance au bébé que tu portes dans ton ventre. J'aurai au moins appris, aujourd'hui, une chose remarquable, c'est qu'on peut être à la fois un nain de Cour et un père comblé. Je ne vous retiens plus. Rentrez chez vous et réjouissez-vous en famille. Moi, je retourne à mes dossiers, car ma famille à moi, c'est la paperasse ! Et c'est la nation !

Tout à coup, Vassia eut le sentiment que l'impératrice enviait Nathalie comme si une banale grossesse fût plus exaltante, pour une femme de cœur, que l'exercice du pouvoir absolu. Alors que Vassia, accompagnant son épouse, se dirigeait à reculons vers la porte, Nathalie se ravisa soudain, et après une dernière révérence, osa demander à Sa Majesté si on pouvait considérer que l'idée du divorce était définitivement abandonnée :

— Évidemment ! répondit Élisabeth Ire avec humeur. Ce qui est fait est fait, ce qui est dit est dit. Aller contre la nature serait aller contre Dieu !

A son côté, Alexis Razoumovski se contenta d'incliner la tête à trois reprises pour souligner qu'il approuvait le gracieux raisonnement de la souveraine.

Revenu dans l'antichambre, Vassia ne put contenir son allégresse et, saisissant les deux mains de Nathalie, les porta éperdument à ses lèvres :

— Merci, merci, Nathalie, murmura-t-il. Tu viens de faire de moi le plus heureux des maris ! Mais pourquoi ne m'as-tu pas dit plus tôt que tu attendais un enfant ?

L'antichambre était vide de tout solliciteur. Nathalie attendit que le chambellan eût disparu et prononça, en regardant Vassia profondément dans les yeux :

— Parce que ce n'est pas vrai !

Il tomba de si haut qu'il lui fallut quelques secondes avant de s'en remettre. Éberlué, il eut enfin la force de bredouiller :

— Tu n'es pas enceinte ?

— Non.

— Et tu as prétendu l'être ?

— C'était la seule façon d'obliger Sa Majesté à abandonner son idée. Tu vois que j'y suis arrivée sans trop de dégâts ! Maintenant, viens ! Nous n'avons plus rien à faire ici ! Et j'espère que nous n'y retournerons pas de sitôt !

Ce fut un somnambule mi-enchanté, mi-désolé qu'elle ramena aux abords de la maison. Répugnant à se présenter à son père dans un tel désordre de pensées, Vassia préféra revenir sur ses pas et prendre le temps de la réflexion. Ensemble, ils se dirigèrent vers le jardin d'Été, au bord de la Néva. Se mêlant aux rares promeneurs, ils débattirent à tête reposée de l'attitude à adopter devant leurs familles respectives. On était au début de la belle saison, les feuillages des arbres étaient si abondants, les pelouses si vertes et si fraîches, les parterres si joliment fleuris, que Vassia voulut voir dans cette perfection de la nature un reflet de sa propre félicité. Marchant dans les allées de sable fin à côté de Nathalie, toujours aussi calme et aussi souriante, il savoura le double contentement d'être victorieux d'il ne savait quoi et prêt à sacrifier sa vie pour il ne savait qui. Au paroxysme de l'exaltation, il fut saisi d'une appréhension fugitive et demanda à Nathalie, comme si, en lui parlant, il eût interrogé sa propre conscience :

— Qu'allons-nous devenir ?

— Quand on s'aime, l'important n'est pas de devenir, mais de continuer, déclara-t-elle.

— Et pourquoi veux-tu continuer avec moi, alors que la tsarine t'a offert la possibilité de me quitter dans les conditions les plus honorables ?

— Tu ne devines pas ?

— Non !

— Tant mieux ! dit-elle. C'est donc que j'ai beaucoup de chance !

Il ne put lui tirer un mot de plus. En regagnant la maison, ils avaient l'air, l'un et l'autre, si énigmatiques et si joyeux que Pastoukhov et Eudoxie les imaginèrent porteurs d'une bonne nouvelle.

— Alors, demanda Pastoukhov. Pourquoi la tsarine vous a-t-elle convoqués ?

— Pour rien ! affirma Nathalie avec une sérénité ironique.

— Ce n'est guère dans ses habitudes !

— Il faut croire que si ! A la fin de l'audience, elle nous a assurés de sa sympathie.

— Et c'est tout ?

— C'est déjà une faveur dont n'osent rêver la plupart des sujets de Sa Majesté !

Pastoukhov et Eudoxie se renfrognèrent. Étaient-ils secrètement déçus ? Avaient-ils espéré la réalisation de ce divorce, dont ni Vassia ni Nathalie ne voulaient ? Les parents de Nathalie parurent également désappointés quand ils apprirent que le ménage de leur fille perdurait malgré tous les pronostics. Mais eux non plus n'osèrent le déplorer expressément. A la suite de cet imbroglio, Vassia et sa femme déménagèrent pour se transporter dans l'appartement que le précédent locataire de Pastoukhov avait enfin libéré. Les soucis et les plaisirs de l'installation aidèrent Vassia à digérer l'amertume d'une paternité illusoire.

Deux mois plus tard, Nathalie apprit à son mari que, cette fois, elle était enceinte pour de bon. Ainsi son mensonge devant la tsarine devenait une vérité devant Dieu. Éperdus de bonheur, Vassia et sa femme claironnèrent la nouvelle à leurs proches tel un prodige dont ils ne remercieraient jamais assez la Providence. Ils brûlèrent un grand cierge dans l'église du quartier sous l'icône de la Vierge à l'Enfant, symbole des naissances miraculeuses. Les médecins appelés en consultation durant la grossesse ne cachèrent pas leur crainte. On ne sait jamais, disaient-ils, quelles peuvent être les conséquences d'une telle hérédité sur la formation du fœtus.

Or, le bébé naquit dans les délais prévus et sans aucune complication. Aussitôt après les relevailles de la jeune mère, Vassia et Nathalie tinrent à informer l'impératrice de cet événement quasi surnaturel. Payant d'audace, ils sollicitèrent de Sa Majesté une audience. Bien que la tsarine fût très occupée par des démêlés politiques avec la Suède, qui se faisait tirer l'oreille pour signer un traité de paix avec la Russie, elle accepta de recevoir le couple entre deux rendez-vous. En apprenant que Nathalie avait mis au monde un garçon, elle la félicita chaudement, en fit autant pour Vassia, et demanda dans un demi-sourire moqueur :

— N'étais-tu pas venue m'annoncer, voici quelque temps déjà, que tu étais enceinte de deux mois et demi ?

— En effet, Votre Majesté, reconnut Nathalie, avec une moue de fillette fautive.

— C'était il y a plus d'un an, si je ne m'abuse !

— Oui, Votre Majesté.

— Et tu as porté cet enfant dans ton sein pendant ce délai exceptionnel ?

— La première fois, il s'agissait de ma part d'une fâcheuse erreur de diagnostic... Une fausse alerte... Ce sont des mésaventures que la plupart des femmes connaissent bien, hélas !...

— Je sais, je sais, dit la tsarine songeuse. Mais, délivre-moi d'un souci : l'enfant est-il normalement constitué ?

— Tout à fait normalement, Votre Majesté ! répliqua Nathalie avec une flamme d'orgueil dans le regard.

La tsarine eut une moue évasive et murmura simplement :

— Dommage !

Puis, devant la mine déconfite du couple, elle précisa :

— Eh oui, s'il avait ressemblé à son père, il aurait pu prendre sa succession comme bouffon à la Cour. Son avenir aurait été, du même coup, assuré. Étant bâti comme les autres, il aura plus de mal à s'imposer !

— C'est bien vrai, Votre Majesté ! soupira

Nathalie. Mais il est également vrai, selon les médecins, qu'on ne peut jamais prévoir, à la naissance d'un enfant, s'il se développera naturellement ou si sa croissance s'arrêtera très tôt et s'il restera nain toute sa vie !

— Il garde donc encore une petite chance ! dit la tsarine avec une jovialité cynique.

— Certainement ! reconnut Nathalie. Il sera nain si Dieu en a décidé ainsi. Lui seul règle d'en haut la taille du corps des humains comme celle de leur esprit.

— Oui, oui, conclut la tsarine avec ampleur. Mais sois tranquille : qu'il soit nain ou géant, ton fils bénéficiera de notre entière bienveillance. Vus du trône, tous les sujets sont égaux. Comment vas-tu appeler ce bambin ?

— Nous avons pensé à l'appeler Georges.

— Fort bien ! C'est un prénom de sagesse et de gloire. Saint Georges a vaincu le dragon. Georges saura vaincre n'importe quel homme qui s'avisera de l'importuner ! A quand le baptême ?

— La date n'est pas encore fixée : le mois prochain, je pense...

— Je tâcherai d'assister à la cérémonie, mais je ne promets rien : mes heures sont tellement encombrées d'obligations. En tout cas, le jour dit, je prierai pour votre petit Georges. Allez en paix, heureux parents !

De retour dans leur nouveau logis, dans leur nouvelle vie, Nathalie et Vassia, doublement exaucés, ressortirent aussitôt pour se rendre à l'église où les rappelait un pieux devoir d'action de grâces.

Agenouillé à côté de Nathalie, Vassia, ivre de bonheur, ne savait plus si c'était Dieu ou sa femme qu'il lui fallait remercier de les avoir tirés d'affaire en un tournemain. Tout en récitant une oraison muette, il la regardait à la dérobée et la trouvait embellie par la victoire qu'elle venait de remporter. Au bout du compte, sous son apparence de fragilité, de timidité et d'innocence, elle était plus forte et plus courageuse que lui. Simplement, sa volonté était trompeuse car elle s'enveloppait d'une exquise douceur. Même quand elle semblait disposée à se laisser convaincre par un contradicteur, elle ne renonçait pas à avoir le dernier mot. Tout à coup, Vassia se dit que, mine de rien, elle était de l'étoffe dont on fait les tsarines, en Russie. Puis, chassant de son cerveau cette idée de lèse-majesté, il se

213

contenta de penser qu'au lieu d'épouser une femme de cœur il avait épousé une femme de tête. Et cette sujétion, loin d'être humiliante, lui paraissait flatteuse pour un nain.

XIII

Convaincu d'avoir assuré toutes les chances de leur couple par ses prières, Vassia mit plusieurs mois à s'apercevoir du changement qui s'opérait insidieusement dans la conduite de Nathalie. Depuis le baptême de Georges, qui avait eu lieu entre-temps, et auquel la tsarine, retenue par des devoirs protocolaires, n'avait pu assister, il constatait que Nathalie se désintéressait de plus en plus de lui pour se consacrer éperdument au nouveau-né. Absorbée par son rôle de mère, elle en oubliait son rôle d'épouse. Le lit conjugal étant éclipsé par le berceau, elle ne se lassait pas d'admirer et de bichonner le bébé. Comme pour justifier cette adoration, le petit Georges manifestait chaque jour par ses sourires et ses vagissements une insolente normalité. De toute évidence, il serait un garçon

bien constitué et d'humeur avenante. Plus
tard, devenu grand et fort, peut-être aurait-il
honte de l'infirmité de son père ? Peut-être se
moquerait-il de lui, en cachette, au lieu de lui
vouer le respect et la confiance que n'importe
quel fils doit à l'auteur de ses jours. Peut-être
échangerait-il des sourires de connivence,
derrière son dos, avec une Nathalie trop heureuse de toujours complaire à son rejeton.
Cette idée obsédait Vassia au point qu'il lui
arrivait parfois de faire irruption à l'impro-
viste dans la chambre d'enfant avec l'espoir
de découvrir un début de malformation dans
l'anatomie de son héritier. En vain. De contrôle en contrôle, le petit Georges confirmait
sa perfection corporelle et mentale. En le con-
templant avec une curiosité inquiète, Vassia
se rappelait la parole de la tsarine, quand elle
avait appris que le nouveau-né de son bouffon était exempt de toute tare physique.
« Dommage ! » s'était-elle écriée. A l'évidence,
Sa Majesté avait raison de déplorer cette
fâcheuse banalité. Mais, alors que la tsarine
se préoccupait de l'avenir de l'enfant, c'était
l'avenir du père qui, aujourd'hui, se trouvait
menacé. Dans les longs soliloques où Vassia
s'abîmait inutilement, il se disait que, quand

216

une mère souhaite, en secret, que son enfant ne ressemble pas au père, c'est qu'elle n'aime plus l'homme qui l'a fécondée. Sans doute Nathalie lui en voulait-elle de l'avoir séduite jadis et d'être encore là, à la maison, alors qu'elle n'avait plus besoin de lui ? Sans doute cherchait-elle à oublier, en regardant son bébé adorable, l'homme qui l'avait mise enceinte et qui était manifestement indigne du cadeau qu'elle lui avait fait ? Sans doute n'avait-elle qu'une envie : voir disparaître cet intrus, afin de pouvoir mieux chérir le fils né de sa semence.

Ce fut au milieu de ses tourments de conscience, dont Nathalie était loin de se douter, qu'il reçut une invitation comminatoire de l'impératrice. Elle l'attendait pour une audience privée, le jour même. Il se précipita au palais, tremblant de ferveur, comme à un rendez-vous galant. Dans sa hâte, il négligea même d'avertir sa femme. D'ailleurs, elle était trop occupée à dorloter et à bêtifier pour lui poser la moindre question.

L'impératrice reçut Vassia comme d'habitude, en tête-à-tête, dans son cabinet de travail. L'ayant toisé d'un regard scrutateur, elle lui demanda tout de go :

217

— Alors, ce bébé, comment va-t-il ?

— Très bien, Votre Majesté, répondit Vassia d'un ton plat.

— Toujours aussi florissant ?

— Oui, oui...

— Sa mère doit en être bien fière !

— En effet !

— Et toi ?

— Moi aussi, bien sûr, Votre Majesté !

La tsarine eut une moue dubitative et, fixant sur Vassia un regard qui n'admettait aucune dérobade, elle dit avec force :

— Des rumeurs me sont parvenues grâce aux indiscrétions de ta domesticité. Il paraît que votre ménage bat de l'aile !

Étonné par cette apostrophe, Vassia songea immédiatement à la soubrette Fiokla dont Nathalie faisait parfois sa confidente. C'était elle sûrement qui n'avait pas su tenir sa langue. Il crut devoir protester :

— Mais non, Votre Majesté, ce sont des racontars...

Les yeux de la tsarine s'assombrirent. Elle n'aimait pas être contredite. Impavide, elle poursuivit :

— Que te reproche-t-elle ?

— Mais... rien, Votre Majesté !

— Que lui reproches-tu ?

— Rien non plus... enfin presque rien...

— Presque rien, c'est déjà trop dans un couple, observa l'impératrice.

Et, comme Vassia ne savait que répliquer, elle insista :

— Dis-moi tout, Vassia ; tu redoutes des complications pour l'avenir de Georges ?

— Non, non, Votre Majesté.

— Pour le tien, alors ?

Accablé par cette vérité, Vassia inclina la tête silencieusement.

— Tu as raison de t'inquiéter, reprit la tsarine. Cet enfant, loin de resserrer les liens de votre couple, les a peu à peu distendus. Cela arrive souvent ! Dans ces cas, le mieux est de regarder la réalité en face.

En écoutant cette cruelle confirmation de ses craintes, Vassia s'étonnait de n'être pas davantage désespéré. Alors que ses plus chères illusions tombaient en lambeaux, il éprouvait le sentiment, non pas d'assister à un échec irrémédiable, mais de prendre un nouveau départ dans la vie. Comme après l'intervention savante et rude d'un rebouteux sur un membre démis, il recouvrait soudain l'aisance de ses mouvements. Pour l'encourager dans cette réaction optimiste, la tsarine lui conseillait maintenant de ne pas regretter la faillite – du reste inévitable ! – de son ménage. Il n'était pas fait, disait-elle, pour l'ennuyeuse répétition des devoirs conjugaux, mais pour l'exaltante aventure des spectacles comiques au palais. Son lot, ce n'était pas la solitude à deux, mais la performance scénique, toujours renouvelée, devant l'élite des amateurs. Sa récompense ne se bornait pas aux petits soupirs d'une épouse comblée, mais se traduisait par les applaudissements des proches du trône. Bref, Élisabeth Ire lui proposait de reprendre du service comme bouffon de Cour.

Certes, il n'était pas question de le réemployer aux conditions exceptionnelles de premier bouffon de Sa Majesté. Il rentrerait dans le rang, dormirait dans la salle commune et serait soumis à la même discipline que ses congénères. D'ailleurs, depuis que l'infortuné Pouzyr avait rendu son âme à Dieu, le mois dernier, la tsarine n'envisageait pas de le remplacer à la tête de la petite troupe. Tous égaux dans la contorsion et la plaisanterie. Vassia était-il d'accord ? Il n'en espérait pas tant ! Le cœur bondissant de joie, il lui semblait qu'il venait de rajeunir, de redécouvrir sa vraie vocation, de se « démarier » pour le meilleur et pour le pire. Répondant à l'offre de l'impératrice, il balbutia :

— Rien ne pouvait m'être plus agréable, Votre Majesté. Oui, oui, je reviendrai ! Même comme bouffon ordinaire...

Cependant, troublé par un léger scrupule, il ajouta :

— Je vais immédiatement annoncer la chose à Nathalie... Je me demande comment elle prendra ça !...

— Comme un décret impérial ! trancha Élisabeth Iʳᵉ. Elle ne pourra que s'incliner !

Vassia mit un genou à terre pour remercier la tsarine, se releva et sortit à reculons en multipliant les révérences. Il était aussi heureux qu'il l'avait été le jour de son mariage.

Quand il apprit à sa femme qu'il allait retourner vivre au palais afin d'y assumer les fonctions de simple bouffon, elle en parut ravie pour lui, pour elle et pour leur enfant. Elle lui conseilla même de ne pas s'attarder à la maison et l'aida à préparer son bagage. En lui donnant un baiser d'adieu et en se penchant sur le berceau de son fils pour une dernière caresse, Vassia eut le sentiment d'une double délivrance. Incontestablement, son départ arrangeait Nathalie autant que lui-même. Ici, il était un vil empêcheur, là-bas il serait l'ambassadeur bienvenu de la fantaisie.

La réapparition de Vassia au palais ne fut pas du goût des bouffons en place, qui étaient tous plus ou moins jaloux de ses succès d'autrefois. Mais leurs mines pincées ou faussement aimables le laissèrent indifférent. L'agrément de Sa Majesté primait pour lui tout le reste. Le bruit de son retour en grâce se répandit immédiatement d'un bout à l'autre de la ville. Partout on louait la grandeur d'âme de l'impératrice qui, une fois de plus, intervenait dans la vie d'un de ses sujets défavorisé par le sort afin de lui assurer bonheur et prospérité dans son ombre. Le peuple russe, qui a toujours aimé attribuer à ses tsars et à ses tsarines un sobriquet rappelant leurs principales vertus, fit suivre le titre de l'impératrice Élisabeth Iʳᵉ du beau surnom de « la Clémente ». Vassia ne fut pas le moins empressé à célébrer la générosité et le discernement de sa bienfaitrice. Ayant sacrifié femme et enfant à l'art d'égayer autrui, il ne songeait plus qu'à renouveler son répertoire de grimaces et d'anecdotes. Quand, en bon orthodoxe, il se rendait à l'église, le dimanche matin, parmi ses confrères en cocasserie, c'était pour remercier Dieu de lui avoir donné, avec une apparence monstrueuse, la mission de faire rire à ses dépens les gens qui se croyaient normaux.

DU MÊME AUTEUR

Impression réalisée sur CAMERON par

BUSSIÈRE CAMEDAN IMPRIMERIES

GROUPE CPI

à Saint-Amand-Montrond (Cher)
pour le compte des Éditions Grasset
en février 2002

Nº d'édition : 12276. — Nº d'impression : 020876/4.
Dépôt légal : février 2002.

Imprimé en France

ISBN 2-246-63181-5